民国首版文学经典

我们的六月

朱自清等 著

上海科学技术文献出版社
Shanghai Scientific and Technological Literature Press

图书在版编目（CIP）数据

我们的六月 / 朱自清等著．—上海：上海科学技术文献出版社，2014.5
（民国首版文学经典丛书）
ISBN 978-7-5439-6189-0

Ⅰ．① 我… Ⅱ．①朱… Ⅲ．①中国文学—现代文学—作品综合集 Ⅳ．① I216.1

中国版本图书馆 CIP 数据核字（2014）第 030316 号

责任编辑：张　树　于玲玲
封面设计：周　婧

我们的六月
朱自清等　著
出版发行：上海科学技术文献出版社
地　　址：上海市长乐路 746 号
邮政编码：200040
经　　销：全国新华书店
印　　刷：上海中华商务联合印刷有限公司
开　　本：850×1168　1/32
印　　张：8.875
版　　次：2014 年 5 月第 1 版　2014 年 11 月第 2 次印刷
书　　号：ISBN 978-7-5439-6189-0
定　　价：50.00 元
http://www.sstlp.com

出版説明

民國時期雖只有短短三十幾年，却在中國歷史上擁有極重要的地位。隨着地理封閉格局的打破，社會制度的轉型，思想束縛的解放，社會的文化和學術也開始了古今中西新舊融合創新的歷史過程，迎來一個百家争勝、异彩紛呈的局面，直接表現便是名家輩出、佳作迭現，且其視野之開闊、學識之淵博、影響之深遠，爲前代所不及，亦爲後人所難達。

有鑒于此，我們從民國時期的經典著作中精選一批，以“民國首版經典叢書”之名將其影印出版。第一輯共收羅了三十四種著作，合三十册，分爲“學術”和“文學”兩部分。其中，“民國首版學術經典”包括梁啓超《清代學術概論》、舒新城編《近代中國留學史》、王孝通《中國商業史》、胡樸安《中國文字學史》、李長傅《中國殖民史》、姚名達《中國目録學史》、吕思勉《歷史研究法》與《中國文字變遷考》（合一册）、胡適《五十年來中國之文學》與劉師培《論文雜記》（合一册）、吕思勉《理學綱要》、吕思勉《白話本國史》、柳亞子等編《蘇曼殊年譜及其他》、顧頡剛編著《妙峰山》等。

這些出自名家之手的著作，或爲開一代風氣的創新之作，如舒新城的《近代中國留學史》，是近代第一部研究留學問題的專著，奠定了留學史研究的根基，也是研究有關中國留學歷史的必讀書目之一；如吕思勉的《白話本國史》，既是他的成名作，也是中國歷史上第一部用白話文寫成的中國通史；或爲總結先賢、啓發後來的集大成之作，如梁啓超的《清代學術概論》，這是一部闡述清代學術思潮源頭及其流變的經典著作，也是梁啓超的代表性作品之一，將清代學術從時代思潮的角度劃分爲四個時期，并對每個時期作了簡要而中肯的評介，精辟分析了各個時期及其代表人物的成就與不足，一經問世即受到讀者歡迎，并成爲一代又一代青年學子的入門必讀書；再如胡適的《五十年來中國之文學》，從古文的末路、古文學的新變、白話小説的發達及缺點、文學革命這幾個方面再現這五十年的文學，在傳承舊學的同時更開新路，爲文學變革鋪墊、利導。

"民國首版文學經典"則包括黎錦暉編《留歐外史（第一集上編）》、朱湘《石門集》、邱東平《火灾》、王實味《休息》與歐陽山等《給予者》（合一册）、徐志摩《徐志摩選集》、邱東平《第七連》、蕭紅《生死場》、張資平《紅霧》、張資平《飛絮》、陳夢家編《新月詩選》、徐志摩《雲游》與《志摩的詩》（合一册）、弘一大師紀念會編《弘一大師永懷録》、葉靈鳳《紅的天使》、朱自清等《我們的六月》、《魯迅傑作選》、郁達夫《迷羊》、胡適《胡適留學日記》、葉靈鳳《未完的懺悔録》等。

文學爲人民群衆喜聞樂見之事，其影響既遠且廣。叢書中所收，不乏當時的"暢銷書"，如蕭紅的《生死場》，甫一出版便轟動當時文壇；如張資平創作的言情小説《紅霧》、《飛絮》等，一版再版，暢銷多年；同時還有不少品種是現今流傳較少，甚至是建國後第一次影印出版的，如弘一大師紀念會所編《弘一大師永懷録》，該書于大師圓寂一周年時出版，當時僅印發一千册；如黎錦暉編《留歐外史（第一輯上編）》，一九二八年首版發行，建國後一直没有再版，已很難找到。

綜上，"民國首版經典叢書"内容包羅萬象，涵蓋詩歌、小説、散文、紀實文學、史學研究、理學、文學研究等方方面面，所選皆出自名家、大家之手，或爲各學科奠基之作，或爲集大成之經典，或爲震動當時、影響深遠的傳誦之作，其中不乏流傳很少、極難覓尋的孤本，我們苦心孤詣，找尋到這些經典著作的初版本，原版影印，精裝制作，以饗讀者。

編　者

二零一四年二月

TM
我們的六月
一九二五年

血歌

——爲五卅慘劇作——

朱自清

血是紅的！
血是紅的！
狂人在疾走，
太陽在發抖！
血是熱的！
血是熱的！
鎔鑪裏的鐵，
火山的崩裂！
血是長流的！
血是長流的！
長長的揚子江，
黃海的茫茫！
血的手！
血的手！
戟着指，
指着他我你！
血的眼！
血的眼！
團團火，
射着他你我！
血的口！

血的口！
申申詈，
唾着他我你！
中國人的血！
中國人的血！
都是兄弟們，

都是好兄弟們！
破了天靈蓋！
斷了肚腸子！
還是兄弟們，
還是好兄弟們！
我們的頭還在頸上！

我們的心還在腔裏！
我們的血呢？
我們的血呢？
「起喲！
起喲！」

六月十日。

我們的六月（一九二五年）目錄

目錄

目錄

北海子的落日

吳緝熙

「海闊天空」與「古今中外」

自清

有一天，我和一位新同事閒談。我偶然問道：「你第一次上課，講些什麼？」他笑着答我，「我古今中外了一點鐘！」他這樣說明事實，且示謙遜之意。我從來不曾想到「古今中外」一個兼詞可以作動詞用，並且可以加上「了」字表時間的過去；驟然聽了，很覺新鮮，正如吃剛上市的廣東蠶豆。隔了幾日，我用同樣的問題問另一位新同事。他却說道，「海闊天空！海闊天空！」我原曉得「海闊從魚躍，天空任鳥飛」的聯語，——是在一位同學家的廳堂裏常常看見的——但這樣的用法，却又是第一次聽到！我眞高興，得着兩個新鮮的意思，讓我對於生活的方法，能觸類旁通的思索一回。

黃遠生在東方雜誌上曾寫過一篇「國民之公毒，」說中國人思想籠統的弊病。他舉小說裏的例，文的必是琴棋書畫無所不曉，武的必是十八般武藝件件精通！我想他若舉野叟曝言裏的文素臣，九尾龜裏的章秋谷，當更適宜，因爲這兩個都是文武全才！好一個文武「全」才！這「全」字兒竟成了「國民之公毒」！我們自古就有那「博學無所成名」的「大成至聖先師，」又有「一物不知，儒者之恥」的傳統的教訓，還有那「談天雕龍」的鄒衍之流，所以流風餘韻扇播至今；大家變本加厲，以爲凡是大好老必「上知天文，下識地理，」而「中學爲體，西學爲用」便是這大好老的另一面。「籠統」固然是「全」「鈎通」「調和」也正是「全」呀！「全」來「全」去，「全」得烏煙瘴氣，一塌糊塗！您瞧西洋人便聰明多了，他們悄悄地將「全知」「全能」送給上帝，決不想自居「全」名；所以處處「算賬，」刀刀見血，一點兒不含糊！——他們不懂得那八面玲瓏的勁兒！

但是王爾德也說過一句話，貌似我們的公毒而實非；他要「吃盡地球花園裏的果子！」他要享樂，他要盡量地享樂！他什麼都不管！可是他是「人，」不像文素臣章秋谷輩是妖怪；他是獃子，不像鈎通中西者流是滑頭。總之，他是反傳統的。他的話雖不免誇大，但不如中國傳統思想之甚；因爲只說地而不說天。況且他只是「要」而不是「能，」和文素臣輩又是有別；「要」在人情之中，「能」便出人情之外了！「全知，」「全能，」或者眞只有上帝一個；但「全」的要求是誰都有權利的——有此要求，才成其爲「人生！」——還有易卜生「全或無」的「全，」那却是一把鋒利的鋼刀；因爲是另一方面的，不具論。

但王爾德的要求專屬於感覺的世界，我總以爲太單調了。人生如萬花筒，因時地的殊異變化不窮，我們要能多方面的了解，多方面的感受，多方面的參加，才有眞趣可言。古人所謂「胸襟」「襟懷」「襟度」略近乎此。但「多方面」只是概括的要求；究竟能有若干方面，却因人的才力而異——我們只希望多多益善而已！ 這與傳統的「求全」不同，「便是暗中摸索，也可知道吧。」 這種胸襟——用此二字所能有的最廣義——若要具體地形容，我想最好不過是採用我那兩位新同事所說的：「海闊天空」與「古今中外」！ 我將這兩個兼詞用在積極的意義上，或者更對得起牠們些。——「古今中外」原是罵人的話，初見於新青年上，是錢玄同(?)先生造作的。 後來周作人先生有一篇雜感，却用牠的積極的意義，大概是論知識上的寬容的；但這是兩三年前的事了，我於那篇文的內容已模糊了。

法朗士在他的「靈魂之探險」裏說：

人之永不能跳出己身以外，實一眞理，而亦卽吾人最大苦惱之一。苟能用一八方觀察之蒼蠅視線，觀覽宇宙，或能用一粗魯而簡單之猿猴的腦筋領悟自然，雖僅一瞬，吾人何所惜而不爲？乃於此而竟不能焉。……吾人被錮於一身之內，不啻被錮於永遠監禁之中。（據楊袁昌英女士譯文，見太平洋四卷四號）

藹理斯在他的感想錄中「自己中心」一則裏也說：

我們顯然都從自己中心的觀點去看宇宙，看重我們自己所演的腳色。（見語絲第十三期）

這兩種「說數」我們可總稱爲「我執」——却與佛法裏的「我執」不同。一個人有他的身心，與衆人各異；而身心所從來，又有遺傳，時代，周圍，教育等等，尤其是五花八門，千差萬別。這些合而織成一個「我，」正如密密的魔術的網一樣；雖是無形，而實在是清清楚楚，不易或竟不可逾越的界了。於是好的劣的，乖的蠢的，村的俏的，長的短的，肥的瘦的，各有各的樣兒，都來了，都來了。「把戲人人會變，各有巧妙不同；」正因各人變各人的把戲，才有了這大千世界呀。說到各人祇會變自己的一套把戲，而且只自以為巧妙，自然有些「可憐而可氣；」「謂天蓋高，」「謂地蓋厚，」區區的「我，」眞是何等區區呢！但是——哎呀，且住！虧得尙有「巧妙不同」一句注脚，還可上下其手一番；這「不同」二字正是靈丹妙藥，千萬不可忽略過去！我們的「我執，」是由命運所決定，其實無法挽回；只有一層！「我」決不是由一架機器鑄出來的，決不是從一副印板刷下來的，這其間有種種的不同，我已約略又約略地拈出了——現在再要拈出一種不同：「我」之廣狹是懸殊的！「我執」誰也免不了，也無須免得了，但所執有大有小，有深有淺，這其間却大有文章；我所謂上下其手，正指此一關而言。

你想「頂天立地」是一套把戲，是一個「我，」「跼天蹐地，」或說「偪促如轅下駒，」如井底蛙，如磨坊裏的驢子，也是一套把戲，也是一個「我！」 這兩者之間相差有多少遠呢？ 說得簡截些，一是天，一是地；說得嚕囌些，一是九霄，一是九淵；說得新鮮些，一是太陽，一是地球！ 世界上有些人讀破萬卷書，有些人游徧萬里地，乃至達爾文之創進化說，恩斯坦之創相對原理；但也有些人伏處窮山僻壤，一生只關在家裏，親族鄰里之外，不曾見過人，自己方言之外，不曾聽過話——天球，地球，固然與他們無干，英國，德國，皇帝，總統，金鎊，銀洋也與他們絲毫無涉！ 他們之所以異於磨坊的驢子者，眞是「幾希！」 也只是蒙着眼，整天兒在屋裏繞灣兒，日行千里，足不出戶而已。 你可以說，這兩種人也只是一樣，橫直跳不出如來佛——「自己！」

——的掌心；他們都坐在「自己」的監裏，盤算着「自己」的重要呢！　是的，但你知道這兩種人決不會一樣！　你我跳不出如來佛的掌心，孫悟空也跳不出他老人家的掌心；但你我能翻十萬八千里的觔斗麼？　若說不能，這就不一樣了！　「不能」儘管「不能」「不同」仍舊「不同」呀。　你想天地是怎樣怎樣的廣大，怎樣怎樣的悠久！　若用數字計算起來，只怕你畫一整天的圈兒，也未必能將數目裏所有的圈兒都畫完哩！　在這樣的天地的全局裏，地球已若一微塵，人更數不上了，只好算微塵之微塵吧！　人是這樣小，無怪乎只能在「自己」裏繞圈兒。　但是能知道「自己」的小，便是大了；最要緊是在小中求大！　長子裏的矮子到了矮子中，便是長子了，這便是小中之大。　我們要做矮子中的長子，我們要盡其所能地擴大我們自己！　我們還是變自己的把戲，但不僅自以為巧妙，還須自以為「比別人」巧妙；

我們不可但在內地開一班小雜貨鋪，我們要到上海去開先施公司！

「我」有兩方面，深的和廣的。「自己中心」可說是深的一面；哲學家說的「自知，」"Knowest thyself" 道德學家說的「自私」——「利己，」也都可算入這一面。如何使得我的身子好？如何使得我的腦子好？我懂得些什麼？我喜愛些什麼？我做出些什麼？我要些什麼？怎樣得到我所要的？怎樣使我成爲他們之中一個最重要的脚色？這一大串兒的疑問號，總可將深的「我」的面貌的輪廓說給您了；您再「自個兒」去內省一番，就有八九分數了。但您馬上也就會發見，這深深的「我」並非獨自個兒待着，牠還有個親親兒的，熱熱兒的伴兒哩。牠倆你摟着我，我摟着你；不知誰給牠們縛上了兩隻脚兒！就像三足競走一樣，牠倆這樣永遠地難解難分！您若要開頑笑，就說牠倆「狼狽爲奸，」牠倆亦無法自辯的。

——可又來！究竟這件兒是誰呢？這就是那廣的「我」呀！我不是說過麽？知道世界之大，才知道自己之小！所以「自知」必先要「知他。」兵法有云「知己知彼，百戰百勝，」可以旁證此理。原來「我」卽在世界中世界是一張無大不大「一」的大網，「我」只是一個極微極微的結子；一髮尙且會牽動全身，全網難道倒不能牽動一個細小的結子麽？實際上，「我」是「極天下之賾」的！「自知」而不先「知他，」只是聚在方隅，老死不相往來的辦法；只是「不可以語冰」的「夏蟲，」井底蛙，磨坊裏的驢子之流而已。能夠「知他，」才眞有「自知之明；」正如鐵扇公主的扇子一樣，要能放才能收呀。所知愈多，所接愈廣；將「自己」散在天下，滲入事事物物之中看牠的大小方圓，看牠的輕重疏密，這才可以剖析毫芒地漸漸漸漸地認出「自己」的眞面目呀。俗語說，「把你燒成了灰，我都認得你！」

我們正要這樣想：先將這個「我」一拳打碎了，碎得成了灰；然後隨風飄舉，或飄茵席之上，或墮溷廁之中，【二】或落在老鷹的背上，或跳在珊瑚樹的梢上，或藏在愛人的鬢邊，或沾在關雲長的鬍子裏，……然後再收灰入掌，摶灰成形，自然便鬚眉畢現，光采照人，不似初時「渾沌初開」的情景了！所以深的「我」即在廣的「我」中；而無深的「我」，廣的「我」亦無從立腳：這是不做矮子也不吹牛的道地老實話，所謂有限的無窮也。

【一】這是一句土話，「極大」之意。

【二】范縝語；用在此處，與他的原意不盡同。

在有限中求無窮，便是我們所能有的自由。這或者是「野馬以被騎乘的自由為更多」【一】的自由，或者是「和豬有飛的自由一樣」【二】但自由總和不自由不同，管牠是白的是黑的！說「豬有飛的自由」在半世紀前，正和說「人有飛的自由」一樣。但半世紀後的我們，已可見着自由飛着的人了，雖然還是要在飛機或飛艇裏。您或者冷笑着說，有所待而然！有所待而然！至多仍舊是「被騎乘的自由」吧了！但這算什麼呢？鳥也要靠翼翅的呀！況且還有將來呢，還有將來的將來呢！就如上文所引法朗士的話「倘若我們能夠一刹那間用了蒼蠅的多面的眼睛去觀察天地，」【三】……目下誠然是做不到的，但竟有人去企圖了！我曾見過一冊日本文的書，——記得是「童謠の綴方」，卷首有一幅彩圖，下面題着「蒼蠅眼中的世界。」（大意）圖中所有，極其光怪陸離；雖明知蒼蠅眼中未必即是如此，而頗信其如此——自己彷彿飄飄然也成了一匹小小的蒼蠅，陶醉在那奇異的世界中了！這樣前去，誰能說法朗士的「倘若」永不會變成「果然」呢？——「語絲」拉得太長了，總而言之，統而言之，我們只是要變比別人巧妙的把戲，只是要到上海去開先施公司；這便是我們所能有的自由。「秀才不出門，能知天下事，」這種或者稍嫌舊式的了；那麼，來個新的，「看世界面上，」【四】我們來做個「世界民」吧——「世界民」（Cosmopolitan）者，據我的字典裏說是「無定居之人」又有「瀰漫全世界，」「世界一家」等義；雖是極簡單的解釋，我想也就夠用，恕不再翻那笨重的大字典了。說起「自由，」我還想到赫胥黎（Huxley）的自由教育論；他說的自由教育，和我所胡謅的有些相似的地方——不用說，我此文多少是受「自由教育」這名字的啓發的。我想引他的話，讓他做我的旁證，給我些力量：

That man, I think, has a liberal education, who has been so trained in his youth that his body is the ready servant of his will, and does with ease and pleasure all the work that, as a mechanism, it is capable of; whose intellect is a clear, cold, logic engine, with all its parts of equal strength, and in smooth working order, ready, like a steam engine, to be tured to any kind of work, and spin the gossamers as well as forge the anchors of the mind; whose mind is stored with a knowledge of the great and fundamental truths of Nature and of the laws of her operations; one who, no stunted ascetic, is full of life and fire, but whose passions are trained to come to heel by a vigorious will, the servant of a tender conscience; who has learned to love all beauty, whether of nature or of art, to hate all vileness, and to respect others as himself.

Such an one, and no other, I conceive, has had a liberal education; for he is, as completely as a man can be, in harmony with Nature. He will make the best of her, and she of him……

（英國散文選刊頁四一）

第一節是說有自由教育的人的身體，意志，智力，心思，情感；身體要強健，意志要堅韌，智力要清明，心思要廣博，情感要豐富而正

海闊天空與古今中外

當。

第二節是說這樣的人完全與自然和合爲一；人與自然都得各盡所能了。

【一】西還一五八頁。

【二】見阿麗思漫游奇境記譯本。

【三】此處用周作人先生譯文，見自己的園地一八一頁。

【四】金瓶梅中有此語，此處只取其辭。

＊　＊　＊

我「海闊天空」或「古今中外」了十張稿紙；儘繞着圈兒，您或者有些「頭痛」吧？「只聽樓板響，不見人下來！」您將疑心開宗明義第一節所說的「生活的方法，」我竟不曾「思索」過，只寃着您，「青山隱隱水迢迢」地逗着您頑兒！ 不！ 別着急，這就來了也。 既說「海闊天空」與「古今中外，」又要說什麼「方法，」實在有些兒像左手望外推，右手又捉着望裏拉，豈不可笑！ 但古語說得好，「大丈夫能屈能伸，」我正可老着臉借此解嘲；況且一落言詮，總有邊際，您又何苦斤斤較量呢？ 況且「方法」雖小，其中也未嘗無大；這也是所謂「有限的無窮」也。 說到「無窮，」眞使我爲難！ 方法也正是千頭萬緒，比「一部十七史」更難得多多；雖說「大處着眼，小處下手，」但究竟從何處下手，却着實費我躊躇！——有了！ 我且學着那李逵，從黑松林裏跳了出來，揮動板斧，隨手劈他一番便了！ 我就是這個主意！ 李逵決非吳用；當然不足語於絲絲入扣的謹嚴的論理的！ 但我所說的方法，原非斗胆爲大家開方案，只是將我所喜歡用的東西獻給大家看看而已。 這只是我的「到自由之路，」自然只是從我的趣味中尋出來的；而在大宇長宙之中，無量數的「我」之內，區區的我，眞是何等區區呢？而且我「本人」旣在企圖自己的放大，則他日之趣味，是否卽今日之趣味，也殊未可知。所以此文也只是我姑妄言之，您姑妄聽之；但倘若看了之後，能自己去思索一番，想出眞個巧妙的方法，去做個「海闊天空」與「古今中外」的人，那時我雖覺着自己更是狹窄，非另打主意不可，然而總很高興了；我將仰天大笑，到草帽從頭上落下爲止。

其實關於所謂一方法，我已露過些口風了：「我們要能多方面的了解，多方面的感受多方面的參加，才有眞趣可言。」

我現在做着教書匠。我做了五年教書匠了，眞個膩得慌！黑板總是那樣黑，粉筆總是那樣白，我總是那樣的我！成天兒渾淘淘的，有時對於自己的活着，也會驚詫。我想我們這條生命原像一灣流水，可以隨意變成種種的花樣；現在卻築起了堰，截斷牠的流，使牠怎能不變成渾淘淘呢？所以一個人老做一種職業，老只覺着是「一種」職業，那眞是一條死路！說來可笑，我是常常在想改業的；正如未來派劇本說的「換個丈夫吧」【二】我也不時地提着自己，「換個行當【三】吧！」我不想做官，但很想知道官是怎樣做的。這不是一件容易事！官場現形記所形容的究竟太可笑了！況且現在又換了世界！努力週刊的記者在王內閣時代曾引湯爾和——當時的教育總長——的話：「你們所論的未嘗無理；但我到政府裏去看看，全不是那麼一回事！」（大意）「全不是那麼一回事！」可見不入虎穴，焉得虎子！我於是想做個秘書，去看看官到底是怎樣做的？因秘書而想到文書科科員：我想一個人賺了大錢，成了資本家，不知究竟是怎樣活着的？最要緊，他是怎樣想的？我們只曉得他有汽車，有高大的洋房，有姨太太，那是不夠的。

——由資本家而至於小伙計，他們又怎樣度他們的歲月？銀行的行員儘愛買馬票，當鋪的朝奉儘愛在夏天打赤膊——其餘的，其餘的我便有些茫茫了！我們初到上海，總要到大世界去一回。但上海有個五光十色的商世界，我們怎可不去逛逛呢？我於是想做個什麼公司裏的文書科科員，嘗些商味兒。上海不但有個商世界，還有個新聞世界。我又想做個新聞記者，可以多看些希奇古怪的人，希奇古怪的事。此外我想做的事還多！戴着齷齪的便帽，穿着藍布衫褲的工人，拖着黃泥腿，啣着旱煙管的農人，抗着鎗的軍人，我都想做做他們的生活看。可是談何容易；我不是上帝，究竟是沒有把握的！這些都是非分的妄想，豈不和癩蝦蟆想吃天鵝肉一樣！——話雖如此；「不問收穫，只問耕耘，」也未嘗不是一種解嘲的辦法。況且退一萬步講，能夠這樣想想，也未嘗沒有淡淡的味兒，和「加力克」香煙一樣的味兒。況且我們的上帝萬一眞個吝惜他的機會，我也想過了：我從今日今時起，努力要在「黑白生涯」中找尋些味兒，不像往日隨隨便便地上課下課，想來也是可以的！意大利 Amicis 的愛的教育裏說有一位先生，在一個小學校裏做了六十年的先生；年老退職之後，還時時追憶從前的事情：一閉了眼，就像有許多的孩子，許多的班級在眼前；偶然聽到小孩的書聲，便悲傷起來，說，「我已沒有學校沒有孩子了！」【三】可見天下無難事，只怕有心人！但我一面羨慕這位可愛的先生，一面總還打不斷那些妄想；我的心不是一條淸靜的蔭道，而是十字街頭呀！

【一】宋春舫譯的換個丈夫罷　曾載東方雜誌。

【二】職業也。

【三】見該書譯本第七卷中。

我的妄想還可以減價；自己縱不能做「諸色人等」却可以結交「諸色人等」的朋友。從他們的生活裏，我也可以分甘共苦，多領略些人味兒；雖然到底不如親自出馬的好。愛的教育裏說：「只在一階級中交際的人，恰和只讀一冊書籍的學生一樣，」【二】真是有理呀有理！現在的青年，都喜歡結識幾個女朋友；一面固由於性的吸引，一面也正是要潤澤這乾枯而單調的生活。我的一位先生曾經和我們說：他有一位朋友，新從外國回到北京；待了一個多月，總覺有一件事使他心裏不舒暢，却又說不出是什麼事。後來有一天，不知怎樣，竟被他發見了：原來北京的街上太缺乏女人！他覺得這樣的生活，實在乾燥無味！但單是女朋友，我覺還是不夠；我又常想結識些小孩子，做我的小朋友。有人說和孩子們作伴，和孩子們共同生活，會使自己也變成一個孩子，一個大孩子；所以小學教師是不容易老的。這話頗有趣，使我相信。 我去年上半年和一位有着童心的朋友，曾約了附近一所小學校的學生，開過幾回同樂會；大家說笑話，講故事，拍七，喫糖果，看畫片，都很高興的。 後來暑假期到了，他們還鈔了我們的地址，說要和我們通信呢。 不但學齡兒童可以做我的朋友，便是幼稚園裏的也可以的，而且更加有趣哩。 且請看這一段：

終於，母親逃出了庭間了。 小孩們追到欄柵旁，臉當住了柵縫，把小手伸出，紛紛地遞出 麵包呀，蘋果片呀，牛油塊等東西來。一齊叫說：

「再會，再會！ 明天再來，再請過來！」

（見愛的教育譯本第七卷內幼兒院中）

倘若我有這樣的小朋友，我情願天天去呀！ 此外，農人，工人，也要想與些才好。我現在住在鄉下，常和鄰近的農人談天，又曾和他們喝過酒，覺得另有些趣味。我又曉得在北京上海的我的朋友的朋友，每天總找幾個工人去談天；我且不管他們談的什麼，只覺每天換幾個人談談，是很使人新鮮的。若再能交結幾個外國朋友，那是更別致了。從前上海中華世界語學會教人學世界語，說可以和各國人通信；後來有人非議他們，說世界語的價值豈就是如此的！非議誠然不錯，但與各國人通信，到底是一件有趣的事呀！——還有一件，自己的妻和子女，若在別一方面作為朋友看時，也可得着新的啓示的。不信麼？試試看！

【一】見該書譯本第七卷中。

若您以為階級的障壁不容易打破，人心的隔膜不容易揭開；您於是皺着眉，呃着嘴，說：「要這樣地交朋友，真是千難萬難！」是的；但是——您太小看自己了，那裏就這樣地不濟事！　也罷，我還有一套便宜些的變給您瞧瞧；這就叫做知人呀。　交不着朋友是沒法的，但曉得些別人的「閒事」總可以的；只須不儘着去自掃門前雪，而能多管些一般人所謂「閒事」就行了。　我所謂「多管閒事，」其實只是「參加」的別名。　譬如前次上海日本紗廠工人大罷工，我以為是要去參加的；或者帮助他們，或者只看看那激昂的實況，都無不可。　總之，多少知道了他們，使自己與他們間多少有了關係，這就得了。　又如我的學生和報館打官司，我便要到法庭裏去聽審；這樣就可知道法官和被告是怎樣的人了。　又如吳稚暉先生，我本不認識的；但聽過他的講演，讀過他的書，我便能約略曉得他了。——讀書眞是巧算盤！　不但可以知今人，且可以知古人；不但可以知中國人，且可以知洋人。　同樣的巧算盤便是看報！　看報可以遇着許多新鮮的問題，引起新鮮的思索。　譬如共產黨加入國民黨，究竟是利用呢，還是聯合作戰呢？ 孫中山先生若死在「段執政」自己誇詡的「革命」之前，曹錕當國的時候，一班大人老爺，紳士乃至平民，會不會（姑不說「敢不敢」）這樣「熱誠地」追悼呢？ 黃色的班禪在京在滬，爲什麼也會受着那樣「熱誠的」歡迎呢？ 英國退還庚子賠款，始而說「用於教育的目的，」繼而說「用於相互有益之目的，」——於是有該國的各工業聯合會建議，痛斥中國教育之無效，主張用此款築路——繼而又說用於中等教育；眞令人目迷五色，到底他們什麼葫蘆裏賣什麼藥呢？ 德國新總統爲什麼會舉出興登堡將軍，後事又如何呢？ 還有，「一夫多妻的新護符」和「新性道德」究竟是一是二呢？ 歐陽予倩的回家以後，到底是不是提倡東方道德呢？——這一大篇帳都是從報上「過」過來的，毫不希奇；但可以證明，看報的確是最便宜的辦法，可以知道許多許多的把戲。

旅行也是刷新自己的一貼清涼劑。我曾做過一個設計：四川有三峽的幽峭，有棧道的蜿蜒，有峨嵋的雄偉，我是最嚮慕的！廣東我也想去得長久了。乘了香港的上山電車，可以「上天」；──而廣州的市政，長隄珠江的繁華，也使我心癢癢的！由此而北，蒙古的風沙，的牛羊，的天幕，又在招邀着我！至於紅牆黃土的北京，六朝煙水氣的南京，先施公司的上海，我總算領略過了。這樣遊了中國以後，便跨出國門：到日本看她的櫻花，看她的富士；到俄國看列寧的墓，看第三國際的開會；到德國訪康德的故居，聽月光曲的演奏；到美國瞻仰巍巍的自由神和世界第一的大望遠鏡。再到南美洲去看看那莽莽的大平原，到南非洲去看看那茫茫的大沙漠，到南洋羣島去看看那鬱鬱的大森林──於是浩然歸國；若有機緣，再到北極去探一回險，看看冰天雪海，到底如何，那更妙了！——梁紹文說得有理：

我們不贊成別人整世的關在一個地方而不出來和世界別一部分相接觸，倘若如此，簡直將數萬里的地球縮小到數英哩，關在那數英哩的圈子內就算過了一生，這未免太不值得！ 所以我們主張：能夠遍游全世界，將世界上的事事物物都放在腦筋裏的熾爐中煅煉一過，然後才能成為一種正確的經驗，纔算有世界的眼光。（南洋旅行漫記上冊二五三頁。）

但在一錢不名的窮措大如我輩者，這種設計恐終於只是「過屠門而大嚼」而已；又怎樣辦呢？ 我說正可學胡梁二先生開國學書目的辦法，不妨隨時酌量核減；只看能力如何。 便是眞個不名一錢，也非全無法想。 聽說日本的誰，因無錢旅行，便在室中繞着圈兒，口裏只是叫着某站到啦，某埠到啦；這樣也便過了癮，這正和孩子們攙瞎子一樣：一個蒙了眼做瞎子，一個在前面用竹棒引着他，在室中繞行；這引路的儘喊着到某處啦，到某處啦的口號，彼此便都滿足。正是精神一到，何事不成！這種人却決非磨坊裏的驢子；他們的足雖不出戶，他們的心儘會日行千里的！

【一】劉半農登香港太平山詩中述他的「稚兒」的話：「今日阿爹，攜我上天。」見新青年八卷二號。

說到心的旅行，我想到文心雕龍神思篇說的：

古人云，「形在江海之上，心存魏闕之下，」【二】神思之謂也。

……故寂然凝慮，思接千載；悄然動容，視通萬里。……

羅素論「哲學的價值，」也說：

保存宇宙內的思辯（玄想）之興趣，…………總是哲學事業的一部。

或者牠的最要之價值，就是牠所潛思的對象之偉大，結果，便解脫了偏狹的和個人的目的。

哲學的生活是幽靜的，自由的。

本能利益的私世界是一個小的世界，擱在一個大而有力的世界中間，遲早必把我們私的世界，磨成粉碎。

我們若不擴大自己的利益，彙涵那外面的整個世界，就好像一個兵卒困在炮台裏邊，知道敵人不準逃跑，投降是不可避免的一樣。

哲學的潛思就是逃脫的一種法門。

（摘鈔黃凌霜譯哲學問題第十五章）

所謂神思，所謂玄想之興味，所謂潛思，我以爲只是三位一體，只是大規模的心的旅行。 心的旅行決不以現有的地球爲限！ 到火星去的不是很多麼？到太陽去的不也有麼？ 到太陽系外，和我們隔着三十萬光年【二】的星上去的不也有麼？ 這三十萬光年，是美國南加州威爾遜山絕頂上口徑百吋之最大反射望遠鏡所能觀測的世界之最遠距離。 「換言之，現在吾人一目之下所望見之世界，不僅現在之世界而已，三十餘萬年之大過去以來，所有年代均同時見之。 歷史家嘗謂吾人由書籍而知過去，直忘却吾人能直接而見過去耳。」【三】 吾人固然能直接而見過去，由書籍而見過去，還能由岩石地層等而見過去，由骨殖化石等而見過去。 目下我們所能見的過去，眞是悠久，眞是偉大！ 將現在和牠相比，眞是大海裏一根針而已： 姑舉一例：德國的誰假定地球的歷史爲二十四點鐘，而人類有歷史的時期僅爲十分鐘；人類有歷史已五千年了，一千年只等於二分鐘而已！一百年只等於十二秒鐘而已！十年只等於一又十分之二秒而已！這還是就區區的地球而論呢。若和全宇宙的歷史（人能知道麼？）相較量，那簡直是不配！又怎樣辦呢？但毫不要緊！心儘可以旅行到未曾凝結的星雲裏，到大爬蟲的中生代，到類人猿的腦筋裏；心究竟是有些兒自由的。不過旅行要有嚮導；我覺最近物理學概觀，科學大綱，古生物學，人的研究等書都很能勝任的。

【一】見莊子。

【二】最近物理學概觀四四—五頁。

心的旅行又不以表面的物質世界爲限！牠用實實在在的一支鋼筆，在實實在在的白瑞典紙簿上一張張寫着日記；牠馬上就能看出鋼筆與白紙只是若干若干的微點，叫做電子的——各電子間有許多的空隙，比各電子的總積還大。這正像一張「有結而無線的網」【二】只是這麼空空的；其實說不上什麼「一支」與「一張張」的！這麼看時，心便旅行到物質的內院電子的世界了。而老的物質世界只有三根台柱子（三次元）現在新的却添上了一根（四次元；）心也要去逛逛的。心的旅行並且不以物質世界為限！精神世界是牠的老家，不用說是常常光顧的。意識的河流裏，牠是常常駛着一隻小船的。但這個年頭兒世界是越過越多了。用了坐標軸作地基，竪起方程式的柱子，架上方程式的梁蓋，上幾何形體的瓦，圍上幾何形體的牆，這是數學的世界。將各種「性質的共相」（如「白」「頭」等概念）分門別類地陳列在一個極大的彎彎曲曲層層疊疊的場上；在牠們之間，再點綴着各種「關係的共相」（如「大」「類似」「等於」等概念）這是論理的世界。將善人善事的模型和惡人惡事的分門別類陳列着的是道德的世界。但所謂「模型」卻和城隍廟所塑「二十四孝」的像與十王殿的像絕不相同。模型又稱規範，如「正義」「仁愛」「奸邪」等是——只是善惡的度量衡也；道德世界裏，全擺着大大小小的這種度量衡。還有藝術的世界，東邊是音樂的旋律，西邊是跳舞的曲綫，南邊是繪畫的形色，北邊是詩歌的情韻。【二】——你若是好奇的，牠必像唐三藏經過三十六國【三】一樣，一一經過這些國土的。

【一】見羅素 A. B. C. of Atoms P. 1.

【二】大旨見 Marvin: History of European Philosophy 論 New Realism 節中；論共相處，據哲學問題譯本第九章「共相的世界」。

【三】據大唐三藏取經詩話。

更進一步說，心的旅行也不以存在的世界爲限！ 上帝的樂園，牠是要去的；閻羅的十殿，牠也是要去的。 愛神的弓箭，牠是要看看的，孫行者的金箍棒，牠也要看看的。 總之，神話的世界，牠要穿上夢的鞋去走一蹚。 牠從神話的世界回來時，便道又可游玩童話的世界。 在那裏有蒼蠅目中的天地，有永遠不去的春天；在那裏鳥能唱歌，水也能唱歌，風也能唱歌；在那裏有着靴的貓，有在背心裏掏出錶來的兎子；在那裏有水晶的宮殿，帶着小白翼子的天使。 童話的世界的那邊，還有許多鄰國，叫做烏託邦，牠也可迂道一往觀的。 姑舉一二給您看看。 您知道吳稚暉先生是崇拜物質文明的；他的烏託邦自然也是物質文明的。 他說，將來大同世界實現時，街上都該鋪大紅緞子。 他在春暉中學校講演時，曾指着「電燈開關」說，科學發達了，我們講完的時候，嗶嘀叭噠幾聲，要到房裏去的就

到了房裏，要到甯波的就到了甯波，要到杭州的就到了杭州；這也算不來什麼奇事。（見春暉二十九期）

呀！　啤啼叭噠幾聲，心已到了鋪着大紅緞子的街上了！——若容我借了法朗士的話來說，這些正是「靈魂的冒險」呀。

上面說的都是「大頭天話，」現在要說些小頑意兒，新新耳目，所謂能放能收也。　我曾說書籍可作心的旅行的嚮導，現在就談讀書吧。　周作人先生說他目下只想無事時喝點茶，讀點新書。　喝茶我是無可無不可，讀新書卻很高興！　讀新書有如幼時看西洋景，一頁一頁都有活鮮鮮的意思；又如到一個新地方，見一個新朋友。　讀新出版的雜誌，也正是如此，或者更鬧熱些。　讀新書如吃時鮮鮮魚，讀新雜誌如到惠羅公司去看新到的貨色。我還喜歡讀冷僻的書。　冷僻的書因為冷僻的緣故，在我覺着和新書一樣；

彷彿旁人都不熟悉，只我有此眼福，便高興了。 我之所以喜歡搜閱各種筆記，就是這個緣故。 尺牘，日記等，也是我所愛讀的；因爲原是隨隨便便，老老實實地寫來，不露咬牙切齒的樣子，便更加親切，不知不覺將人招了入內。同樣的理由，我愛讀野史和逸事；在牠們裏，我見着活潑潑的眞實的人。——牠們所記，雖祇一言一動之微，却包蘊着全個的性格；最要緊的，包蘊着與衆不同的趣味。 舊有的世說新語，新出的歐美逸話，都曾給我滿足。 我又愛讀游記；這也是窮措大替代旅行之一法，從前的雅人叫做「臥游」的便是。從游記裏，至少可以「知道」一些異域的風土人情；好一些，還可以培養些異域的情調。 前年在溫州師範學校圖書館中，翻看小方壺齋輿地叢鈔的目錄，裏面全（？）是游記，雖然已是過時貨，却頗引起我的嚮往之誠。 「這許多好東西喲！」 儘這般地想着；但終於沒有勇氣去借來細看，眞是很可恨的！後來徐霞客游記石印出版，我的朋友買了一部，我又欲讀不能！近頃南洋旅行漫記和山野掇拾出來了，我便趕緊買得，復仇似地讀完，這才舒服了。我因爲好奇，看報看雜誌，也有特別的癖氣。看報我總是先看封面廣告的一面是要找些新書，一面是要找些新聞；廣告裏的新聞，雖然是不正式的，或者算不得新聞，也未可知，但都是第一身第二身的，有時比第三身的正文還值得注意呢。譬如那回中華製糖公司董事的互訐，我看得眞是熱鬧煞了！又如「印送安士全書」的廣告，「讀報至此，請念三聲阿彌陀佛」的廣告，眞是「好聰明的糊塗法子！」看雜誌我是先查補白，好尋着些輕鬆而雋永的東西；或名人的趣語，或當世的珍聞，零金碎玉，更見異彩！——請看「二千年前玉門關外一封情書」「一時新旦角戲」等標題便知分曉。

我不是曾恭維看報麼？ 假如要參加種種趣味的聚會，那也非看報不可。

譬如前一兩個星期，報上登着世界短跑家要在上海試跑；我若在上海，一定要去看看跑是如何短法？ 又如本月十六日上海北四川路有洋狗展覽會，說有四百頭之多；想到那高低不齊的個兒，【一】鬆密互映純駁爭輝的毛片，或嚶嚶或嗚嗚或汪汪的吠聲，我也極願意去的。 又我記得在上海七日刊（？）上見過一幅法國兒童同樂會的攝影。 攝影中濟濟一堂的滿是兒童——這其間自然還有些抱着的母親，領着的父親，但不過二三人容我用了四捨五入法，將他們略去吧。 那前面的幾個，豐腴圓潤的龐兒，覆額的短髮，精赤的小腿，我現在還記着呢。 最可笑的，高高的房子，塞滿了這些兒童，還空着大半截，大半截；若塞滿了我們，空氣一定是沒有那麼舒服的，便宜了空氣了！ 這種聚會不用說是極使我高興的！ 只是我便在上海，也未必能去；說來可恨恨！　這裏却要引起我別的感慨，我不說了。　此外如音樂會，繪畫展覽會，我都樂於赴會的。　四年前秋天的一個晚上，我曾到上海市政廳去聽「中西音樂大會」；那幾支廣東小調唱得眞入神，靡靡是靡靡到了極點，令人歡喜讚嘆！　而歌者隱身幕內，不露一絲色相，尤動人無窮之思！繪畫展覽會，我在北京上海也曾看過幾回。　但都像走馬看花似的，不能自知冷暖——我眞是太外行了，只好慢慢來吧。　我却最愛看跳舞。　五六年前的正月初三的夜裏，我看了一個意大利女子的跳舞：黃暈的電燈光映着她裸露的微紅的兩臂，和游泳衣似的粉紅的舞裝；那腰眞軟得可憐，和麥粉搓成的一般。　她兩手擎着小小的鈸（？）鈸孔裏拖着深紅布的提頭；她舞時兩臂不住地向各方扇動，兩足不住地來往跳躍，鈸聲便不住地清脆地響着——她舞得如飛一樣，全身的曲線眞是瞬息萬變，轉轉不窮，如閃電吐舌，如星星眨眼；使人目眩心搖，不能自主。我看過了，恍然若失！從此我便喜歡跳舞。前年暑假時，我到上海，剛碰着卡爾登影戲院開演跳舞片的末一晚，我沒有能去一看。次日寫信去「特煩」，却如泥牛入海；至今引為憾事！我在北京讀書時，又頗愛聽舊戲；因為究竟是「外江」人，更愛聽旦角戲，尤愛聽尙小雲的戲！——但您別疑猜，我却不曾用這支筆去捧過誰。我並不懂戲詞，甚至連情節也不甚仔細，只愛那宛轉悽涼的音調和楚楚可憐的情韻。我在理論上也左袒新戲，但那時的北京實在沒有可稱為新戲的新戲給我看；我的心也就漸漸冷了。南歸以後，新戲固然和北京是「一邱之貉」，舊戲也就每況愈下，毫無足觀。我也看過一回機關戲，但只足以廣見聞，無深長的趣味可言。直到去年，上海戲劇協社演「少奶奶的扇子」，朋友們都說頗有些意思——在所曾寓目的新戲中，這是得未曾有的。又實驗劇社演「葡萄仙子，」也極負時譽；黎明暉女士所唱「可憐的秋香」一一句，眞是膾炙人口——便是不曾看過這戲的我，聽人說了此句，也曾有「一種薄醉似的感覺超乎平常所謂舒適以上。」【二】——「少奶奶的扇子，」我也還無一面之緣——眞非到上海去開先施公司不可！ 上海的朋友們又常向我稱述影戲；但我之於影戲，還是「猪八戒吃人參果」【三】呢！也只好慢慢來吧。 說起先施公司，我總想起惠羅公司。 我常在報紙的後幅看見他家的廣告，滿幅畫着新貨色的圖樣，眞是日本書店裏所謂「誘惑狀」【四】了。 我想若常去看看新貨色，也是一樂。 最好能讓我自由地鑑賞地看一回；心愛的也不一定買來，只須多多地，重重地看上幾眼，便可權當佔有了——朋友有新東西的時候，我常常把玩不肯釋手，便是這個主意。

【一】身材也。

【二】見葉聖陶淚的徘徊中。

【三】食而不知其味也。

【四】即新到書籍廣告。

若目下不能到上海去開先施公司，或到上海而無本錢去開先施公司，則還有個經濟的辦法，我現在正用着呢。不過這種辦法，便是開先施公司，也可同時採用的；因爲我們原希望「多多益善」呀。現在我所在的地方，是沒有繪畫展覽會；但我和人家借了左一冊右一冊的攝影集，畫片集，【一】也可使我的眼睛飽餐一頓。我看見「羣羊，」【二】在那淡遠的曠原中，披着乳一樣白，絲一樣軟的羽衣的小東西，眞和浮在淺淺的夢裏的仙女一般。我看見「夕雲，」【三】地上是疏疏的樹木，偃蹇欹側作勢，彷彿和天上的亂雲負固似的；那雲是層層疊疊的，錯錯落落的，斑斑駁駁的，使我覺得天是這樣厚，這樣厚的！　我看見「五月雨，」【三】是那般濛濛密密的一片，三個模糊的日本女子正各張着有一道白圈兒的紙傘在台階上走着，走上一個什麼壇去呢；那邊還有兩個人，却祇朦了影兒！　我看見「現在與未來；」【四】這是一個人坐着，左手托着一個骷髏，兩眼凝視着，右手正支頤默想着。　這還是攝影呢，畫片更是美不勝收了！　彌愛的「晚禱」是世界的名作，不用說了。　意大利 Gino 的名畫「跳舞，」【五】滿是躍着的腿兒，牽着的臂兒，並着的臉兒；紅的，黃的，白的，藍的，黑的，一片片地飛舞着——那邊還攢動着無數的頭呢。　是夜的繁華喲！　是肉的薰蒸喲！　還有日本中澤弘光的「夕潮」【六】紅紅的落照輕輕地塗在玲瓏的水閣上；閣之前淺藍的潮裏，佇立着白衣編髮的少女，伴着兩隻矢矯的白鶴；她們因水光的映射，這時都微微地藍了；她只扭轉頭凝視那斜陽的顏色。　又椎塚猪知雄的「花，」【七】三個樣式不同，花色互異的精巧的瓶子，分插着紅白各色的，大的小的鮮花，都豐豐滿滿的。另有一個細長的和一個葫蘆樣的瓶子，放在三個大瓶之前和之間；一高一矮，甚是別致，也都插着鮮花，只一瓶是小朵的，一瓶是大朵的。我說的已多了！還有圖案畫，有時帶着野蠻人和兒童的風味，也是我所愛的。書籍中的插畫，偶然也有很好的；如什麼書裏有一幅畫，顯示惠士敏斯特大寺的裏面，那是很偉大的——正如我在靈隱寺的高深的大殿裏一般。而屠龍人類的故事中的插畫，尤其別有心思，馬上可以引人到他所畫的天地中去。

〔一〕攝影集，畫片集中的作品，都是複製的。

〔二〕見大風集。

〔三〕「夕雲」與「五月雨」，均見日本寫眞雜誌 Camera 第一卷一九二一。

海闊天空與古今中外

【四】見日本寫眞界六卷六號。

【五】見東方十九卷三號。

【六】平和紀念東京博覽會美術館出品。

【七】日本第八回二科展覽會出品。

我所在的地方，也沒有音樂會的。幸而有留聲機，機片裏中外歌曲乃至國語唱歌都有，我的雙耳尙不至大寂寞的。我或向人借來自開自聽，或到別人寓處去聽，這也是「揩油」之一道了。大約借留聲機，借畫片，借書，總還算是雅事，不致像借錢一樣，要看人家臉孔的；（雖然也不免有例外）所以有時竟可大大方方地揩油。自然，自己的油有時也當大大方方地被別人揩的。關於留聲機，北京有零賣一法。一個人背了話匣子（卽留聲機）和唱片，沿街叫賣；若要買的，就喊他進屋裏，讓他開唱幾片，照定價給他銅子——唱完了，他仍舊將那話匣子等用藍布包起，背了出門去。我們做學生時，每當冬夜無聊，常常破費幾個銅子，買他幾出聽聽；雖然沒有佳片，却也算消寒之一法。聽說南方也有做這項生意的人。——我所在的地方，寧波是其一。甯波S中學現有無線電話收音機，我很想去聽聽大陸報館的音樂。這比留聲機又好了！不但聲音更是親切，且花樣日日翻新；二者相差，何可以道里計呢！除此以外，朋友們的簫聲與笛韻，也是很可過癮的；但這看似易得而實難，因爲好手甚少。我從前有一位朋友，吹簫極悲酸幽抑之致，我最不能忘懷的！現在他從外國回來，我們久不見面，也未寫信，不知他還能來一點兒否？

內地雖沒有惠羅公司，却總有古董店，儘可以對付一氣。我們看看古磁的細潤秀美，古泉幣的陸離斑駁，古玉的豐腴有澤，古印的肅肅有儀，胸襟也可豁然開朗。況內地更有好處，爲五方雜處，衆目具瞻的上海等處所不及的；如花木的趣味，盆栽的趣味便是了。上海的匆忙使一般人想不到白鴿籠外還有天地；花是怎樣美麗，樹是怎樣青青，他們似乎早已忘懷了！這是我的朋友鄧君所常常不平的。「暮春三月，江南草長，雜花生樹，羣鶯亂飛」——這在上海人怕只是一場春夢吧！像我所在的鄉間芊芊的碧草踏在脚上軟軟的，正像吃櫻花糖；花是只管開着，來了又去，來了又去——楊貴妃一般的木筆，紅着臉的桃花，白着臉的繡毬……好一個「香遍滿，色遍滿的花兒的都」【二】呀！上海是不容易有的！我所以雖向慕上海式的繁華，但也不捨我所在的白馬湖的幽靜。我愛白馬湖的花木，我愛S家的盆栽——這其間有詩有畫，我且說給您。一盆是小小的竹子，栽在方的小白石盆裏；細細的幹子疏疏地隔着，疏疏的葉子淡淡地撇着，更點綴上兩三塊小石頭；頗有靜遠之意。上燈時，影子寫在壁上，尤其淸雋可親。另一盆是棕竹，瘦削的幹子亭亭地立着；下部是綠綠的，上部頗勁健地折着幾片長長的葉子，葉根有細極細極的棕絲網着。這像一個丰神俊朗而蓄着微鬚的少年。這種淡白的趣味，也自是天地間不可少的。

天地間還有一種不可少的趣味，也是簡便易得到的，這是「談天。」【二】兪平伯詩。——普通話叫做「閒談」；但我以「談天」二字更能說出那「閒曠」的味兒！

傅孟眞在心氣薄弱之中國人一評裏，引顧甯人的話：南方之學者，「羣居終日言不及義，」北方之學者「飽食終日，無所用心。」

他說「到了現在已經二百多年了，這評語仍然是活潑潑的。」【三】「談天」大概也只能算「不及義」的言；縱有「及義」的時候，也只是偶然碰到，並非立意如此。若立意要「及義，」那便不是「談天」而是「講茶」【三】了。「講茶」也有「講茶」的意思，但非我所要說。「終日言不及義，」誠哉是無益之事；而且豈不疲倦？「舌敝脣焦，」也未免「窮斯濫矣！」不過偶爾「茶餘酒後」「月白風清，」約兩個密友，吸着烟捲兒，嘗着時新果子，促膝談心，隨興趣之所至。時而上天，時而入地，時而論書，時而評畫，時而縱談時局，品鑑人倫，時而剖析玄理，密訴衷曲……等到興盡意闌，便各自回去睡覺；明早一覺醒來，再各奔前程，修持「勝業，」想也不致耽誤的。或當公私交集，身心俱倦之後，約幾個相知到公園裏散散步，不願散步時，便到綠蔭下長椅上坐着；這時作無定向的談話，也是極有意味的。至於「『辟克匿克』來江邊，」那更非「談天」不可！我想這種「談天，」

無論如何，總不能算是大過吧。人家說清談亡了晉朝，我覺得這未免是栽贓的辦法。請問晉人的清談，誰爲爲之？孰令致之？——這且不說，我單覺得清談也正是一種「生活之藝術，」只要有節制。有的如針尖的微觸，有的如剪刀的一斷；恰像吹皺一池春水，你的心便會這般這般了。「談天」本不想求其有用，但有時也有大用；英哲洛克（Locke）的名著人間悟性論中述他著書之由——說有一日，與朋友們談天，端緒愈引而愈遠，不知所從來，也不知所屆；他忽然驚異人知的界限在何處呢？這便是他的大作最初的啓示了——這是我的一位先生親口告訴我的。

【一】見新朝一卷二號。

【二】在茶店中評理也。

我說海說天，上下古今談了一番，自然仍不會跳出我佛世尊——自己

一九二五年

——的掌心，現在我還是卷旗息鼓，「回到自己的靈魂」【一】吧。　自己有今日的自己，有昨日的自己，有北京時的自己，有南京時的自己，有在父母懷抱中的自己……乃至一分鐘有一個自己，一秒鐘有一個自己。　每一個自己無論大的，小的，都各提挈着一個世界，正如旅客帶着一隻手提箱一樣。各個世界，各個自己之不相同，正如旅客手提箱裏所裝的東西之不同一樣。各個自己與牠所提挈的世界是一個大大的聯環，決不能拆開的。　譬如去年十月，我正僕僕於輪船火車之中。　我現在回想那時的我，第一不能忘記的，是江浙戰爭第二便是國慶。　因戰爭而寫來的父親的岳父的信，一頁頁在眼前翻過；因戰爭而搬家的人，一陣陣在面前走過；眼看學校一日日挨下去，直到關門為止。　念頭忽然轉灣：林紓死了，法朗士死了；國際聯盟第五屆大會也閉幕了！……正如水的漪漣一樣，一圈一圈地儘管暈開去，可以至於非常之多。只區區一個月的我，所提挈的已這樣多，則積了三百幾十個月的我，所提挈的當有無窮！要算起帳來，倒是「大筆頭」【三】呢！若有那樣細心，再把月化爲日，日化爲時，時化爲分秒，我的世界當更不了不了！這其間有吃的，有睡的，有玩的，有笑的，有哭的，有糊塗的，有聰明的……若能將牠們陳列起來，必大有意思；若能影戲片似地將牠們搖過去，那更有意思了！人總有念舊之情的。我的一個朋友回到母校作教師的時候，偶然在故紙堆中翻到他十四歲時投考該校的一張相片，便愛牠如兒子。我們對於過去的自己，大都像嚼橄欖一樣，總覺有些兒甜的。我們依着時光老人的導引，一步步去溫尋已失的自己；這走的便是「憶之路」。在「憶之路」上，愈走得遠，愈是有味；因苦味漸已蒸散而甜味却還留着的緣故。最遠的地方是「兒時，」在那裏祇有一味極淡極淡的甜；所以許多人都惦記着那裏。

這「憶之路」是頗長的，也是世界上一條大路。要成為一個自由的「世界民，」這條路不可不走走的。

【一】也是法朗士的話。

【二】此是甯波方言，本係記帳術語，「多」也；引申作「甚」之意。這裏用作雙關語。

* * *

我的把戲變完了——咳！多麼貧呢！我總之羨慕齊天大聖；他雖也跳不出佛爺的掌心，但到底能翻十萬八千里的觔斗，又有七十二變化的！

五月九日。

文學的游離與其獨在

平伯

環君曾訴說她胸中有許多微細的感觸，不能以言詞達之爲恨。依她的解釋，是將歸咎于她的不諳習文章上的技工。這或者也是一般人所感到的缺憾罷。但我却引起另一種且又類似的惆悵來。我覺得我常受這種苦悶的壓迫，正與她同病啊。再推而廣之，恐怕古今來的「文章巨子」一也同在這網羅中掙扎着罷。『書不盡言，言不盡意』實是普遍的，永久的，不可彌補的終古恨事。

再作深一層的觀察，這種缺憾的形成殆非出于偶然的湊拍，乃以文學的法相爲牠的基本因。不然，決不會有普遍永久性的。這不是很自然的設想嗎？創作時的心靈，依我的體驗只是迫切的欲念，熟練的技巧與映現在剎那間的「心」「物」的角逐，一方面是追捕，一方面是逃逸，結果總是跑了的多。這就是惆悵的因由了。永遠是拚命的追，這是文學的游離；永遠是追不着，這是文學的獨在。

所以說文學是描畫外物的，或者是抒寫內心的，或者是表現內心所映現出的外物的，都不免有「吹」的嫌疑。他們不曾體會到伴着創作的成功有這種缺憾的存在，他們把文學看成一種無所不能的奇蹟，他們看不起剎那間的靈感，他們不相信會有超言文的微妙感覺。依他們的解釋，藝術之宮誠哉是何等的偉大而光榮；可是，我們的宇宙人間世，又何其狹小，粗糙而無聊呢？他們不曾細想啊。這種誇揚正是一種尖刻的侮蔑。最先被侮蔑的是他們自己。

既知道「美景良辰」只可以全心去領略，不能盡量描畫的；何以「賞心樂事」就這樣輕輕容易的一把抓住呢？ 又何以在「賞心樂事」裏的「良辰美景」更加容易尋找呢？ 我希望有人給一個圓滿的解答。 在未得到解答以前，我總信文學的力是有限制的，很有限制的，不論說牠是描畫外物，或抒寫內心，或者在那邊表現內心映現中的外物。 牠這三種機能都不圓滿；故牠非內心之影，非外物之影，亦非心物交錯之影，所僅有的只是薄薄的殘影。 影的來原雖不外乎「心」「物」諸因子的醞釀；只是影子既這麼淡薄，差不多可以說影子是牠自己的了。 文學所投射的影子如此的朦朧，這是所謂游離；影子淡薄到了不類任何原形而幾自成一物，這是所謂獨在。 不朽的傑作往往是一篇天外飛來，未曾寫完的殘稿，這正是所謂「神來之筆。」

我的話也說得太迷離了，不易得一般的了解。 所成就的作品既與創作時的心境，關連得如此的不定而疏遠，牠又憑什麼而存在呢？ 換句話說，牠已是游離着且獨在了，豈不是無根之花，無源之水，精華已竭的糟粕呢？若說是的，則文藝之在人間，非但沒有偉大的功能，簡直是無用的贅疣了。我遭遇這麼一個有力的反駁。

其實，打開窗子說亮話，文藝在人間眞等于贅疣，我也十分欣然。 文藝既非我的私親，且贅疣爲物亦復不惡，算得什麼侮辱。 若以「無用」爲病，更將令我大笑三日。 我將反問他，吃飯睡覺等等又何用呢？ 可憐人類進步了幾千年，而吃飯睡覺等的正當用途至今沒有發明。 我們的祖宗以及我們，都不因此灰心短氣而不吃不睡，又何必對于文藝獨發獃氣呢。 文藝或者有牠的該殺該剮之處，但僅僅無用決不能充罪狀之一，無論你們如何的深文周內。

閒話少說。眞嘍嗦啊！我已說了兩遍，文學是獨在的，但你們還要尋根究蒂，牠是憑什麼存在的。大家試來評一評，若憑了什麼而存在還算得獨在嗎？眞不像句話！若你們要我解釋那游離和獨在的光景，那倒可以。我願意詳詳細細地說。

「游離」不是絕緣的代詞；「獨在」也只是比況的詞飾。如有人說是我說的，文學的創作超乎心物的諸因；我在此聲明，我從未說過這類屁話，這正是那人自己說的，我不能替他頂缸。我只說創作的直接因是作者當時的欲念情緒和技巧；間接因方是心物錯綜着的啓發創作慾的誘惑性外緣。彷彿那麼一回事，我爲你們作一個妙譬。

一個小孩用筷子夾着一塊肉骨頭遠遠的逗引着。一條小哈叭狗憑着牠固有的食慾，被這慾念壓迫後所喚起的熱情，和天賦兼習得覓食的技巧，一瞥見那塊帶誘惑性的肉，直撲過去。這小兒偏偏會耍，把肉擇得高高的，一抖一抖的動着。狗漸入立了，做出種種抓撲跳躍的姿態。結果狗沒吃着肉，而大家白看狗耍把戲，笑了一場。故事就此收場。

我們是狗化定了，那小兒正是造化，嘻笑的衆賓便是當時的讀者社會和我們的後人。你說這把戲有嗎用，可是大家的確爲着這個開了笑口。替座上的貴客想，好好的吃飯罷，何必去逗引那條狗，那是小兒的好事；但這小兒至少不失爲趣人。至於狗呢，不在話下了，牠是個被犧牲者，被玩弄者而已。牠應當咒詛牠的生日，至少亦曳尾不顧而走，才算是條聰明特達的狗。若老是戀戀於那塊肉骨頭，而串演把戲一套一套的不窮，那眞是狗中之下流子了；雖然人們愛牠的乖巧，贊牠爲一條偉大的狗。您想想，狗如有知，要這種榮譽嗎。我不信牠會要。

所謂文學的游離和獨在，也因這譬喻而顯明了。肉骨頭在小孩子手中抖動，狗跟着跳，那便是游離。狗正因永吃不着肉骨頭而儘串把戲，那便是獨在。若不幸那小孩偶一失手，肉骨頭竟掉到狗嘴裏去，狗是得意極了，既既然自去咬嚼；然座上要看狗戲的羣公豈不悵然有失呢。換言之，若文學與其實感的競賽萬一告畢，（自然，卽萬一也是不會有的。）變爲合掌的兩股，不復有幾微不足之感，那就無所謂文學了。我故認游離與獨在是文學的眞實且主要的法相。

還有一問題懸着，這種光景算不算缺憾呢？我說是，又說不是。讀者不要怪我油滑，仍用前例說罷。從狗的立場看，把戲白串了無算，而肉骨頭也者終落於渺茫，這是何等的可惜。非缺憾而何？若從觀衆和小兒的立場看，則正因狗要吃肉而偏吃不着方始有把戲。狗老吃不着，老有把戲可看，那是何等的有趣，又何用其嘆惜呢。 我將從您的嘆惋與否，而決定您的自待。

以下再讓我說幾句狗化的話罷，正是自己解嘲的話。 所謂文學的游離有兩種不同的來原：（一）由於落後——實感太微妙了，把捉不住。 這就是以上所說的。 （二）由於超前——實感太平凡粗笨了，不值得去把捉。 前一個是高攀不上，後一個是不肯俯就。 雖有時因文學技工的庸劣，而創作物與實感游離了；卻也有時因牠的高妙，使創作物超越那實感。 在第二意義上，我們或者可以有相當的自喜，雖然這種高與在實際上免不了「狗化。」

春花秋月，……是詩嗎？ 不是！ 悲歡離合，……是詩嗎？ 不是！ 詩中所有誠不出那些範圍，但是僅僅有那些破銅爛鐵決不成爲一件寶器。 牠們只是詩料。　詩料非詩，明文學的料絕非文學。

我們看了眉月，這麼一沉吟回溯舊蹤，那麼一顰蹙，是詩嗎？　不是！　見宿樹的寒鴉有寂寞之思，聽打窗的夜雨有悽清之感，是詩嗎？　不是！　這種意境不失爲詩魂，但飄渺的游絲單靠牠們却織不成一件雲錦衣裳的。　牠們只是詩意。　詩意非詩，明文學的意境絕非文學。

實在的事例，實在的感觸都必經過文學的手腕運用了之後，方成爲藝術品。　文學的技工何等的重要。　實感的美化，在對面着想，恰是文學的游離；這又是不可遮掩的眞實。　我試舉三個例。

譬如回憶從前的蹤跡，眞是重重疊疊，有如辛稼軒所謂『舊恨春江流不盡，新恨雲山千疊』似的；但等到寫入文章，却就不能包羅萬象了，必有取捨。　其實所取的未必定可取，所捨的未必必須捨，只是出於沒奈何的權宜

之計 選擇乃文學技工之一；有了牠，實感留在文學作品裏的，眞眞寥寥可數。 所召集的是代表會議，不是普通選舉了。

又如寫一樁瑣碎或笨重的事，不能無減省或修削之處；若原原本本，一字不易，就成了一本流水賬簿，不成爲文章。 湊了幾刀之後，文章是漂亮多了，可是原來的樣子已若存若亡了。 剪裁又是重要的技工。

平平常常的一個人，一樁事據實寫來不易動人聽聞，必要在牠們身上加了些大靑大綠方才快心。 如宋玉之賦東家子，必要說『增之一分則太長，減之一分則太短。』 其實依拙劣的我們想，宋先生貴東鄰小姐的身個兒，即使加減了一二分的高矮，似乎亦決不會損害她的標致。 然而文章必這麽寫，方才淋漓盡致，使後人不敢輕易菲薄他的理想美人。 這是何等有力的描寫。 夸飾比如一面顯微鏡，把肉眼所感都給打發走了；但牠也是文章的重要技工。

不必再舉別的例證了，您在修詞學上去看，那些用古古怪怪的名詞標着的秘訣，那一個不是在那邊無中生有，將小作大的顛倒着。再作一個比方：吃飯的正當形式只是一口一口的咬嚼而已；然而敝中國的古人有「一獻之禮賓主百拜」的繁文縟節，即貴西洋的今人到餐室裏去，亦必端端正正穿起禮服來。我們細想，這是幹嗎？「醜人多作怪！」但同時就不免有人讚歎着，說牠們所表現的是文明，是藝術哩。

各人的地位不同，因而看法不同，因而所見不同；這是不能，且不必强同的。

我也不必儘申訴自己的牢騷，惹他人的厭煩。單就文藝而論文藝，技工在創作時之重要，初不亞于靈感。文藝和非文藝之區別間，技工正是一重要的屬性。我們因此可以明白眞的啼笑何以不成爲藝術，而啼着笑着的model，反可以形成眞正的藝術品。這並非顚倒，是當然的眞實。

我們可以說，一切事情的本體和牠們的抄本（確切的影子）皆非文藝；必須牠們在創作者的心靈中醞釀過一番，鎔鑄過一番之後，而重新透射出來的（朦朧的殘影）方才算數。申言之，natural算不了什麼，人間所需要的是artificial。創造不是無中生有，亦不是抄襲（即所謂寫實，）只是心靈的一種膠擾，離心力和向心力的角逐。追來追去，不落後，便超前，總走不到一塊兒去；這是游離。尋尋覓覓，終于撲個空，孤悽地獃着；那是獨在。我們覺得被實感拉下了，不免惆悵；若覺得把實感給拉下了，那便驕矜；實在都沾點滑稽的幻覺，說不出什麼正當緣由來。萬古常新，千秋不朽的傑作論牠的究竟，亦不過狗抓肉骨頭而不得（不足，）人想交合而先相對鞠躬（有餘）這一類把戲而已。我們對于牠們，固然不屑讚揚，却也不可呪詛。

（讚揚和咒詛都是把戲之流，我們何敢尤而效之。）沈默是頂好的道路我說。——安于被玩弄也是頂好的道路，我又說。

二五年三月三日作于北京。

兩千年前玉門關外的一封情書

清光緒戊申（一九〇八）英國斯坦因博士（Stein）訪古于新疆甘肅，得漢晉簡册千餘，載歸英倫。法國沙畹博士（Chavannes）為之考釋。羅振玉王國維亦考釋之，書名流沙墜簡。中有一封『羌女信』是紙片，出蒲昌海北。這是一通很好的情書。

『羌女白：取別之後，便爾西邁；相見無緣，書問疏簡。每念茲對，（沙畹釋為「叔」字，疑誤。今改釋為對。）不舍心懷，情用勞結。倉卒□致消息，（缺文沙釋作「復」，原件不清晰，姑缺之。）不能別有書裁；因數字，值信，復表。馬羌。』

（平伯）

文學的游離與其獨在

析「愛」

平伯

名能便人，又能誤人。 何謂便？ 譬如靑蒼蒼在我們頭上的，本來渾然一物，絕於言詮；後來我們勉强叫牠做「天」。 自有天這一名來表示這一種特殊形相，從此口舌筆墨間，便省了無窮描摹指點的煩勞了。 何謂誤？古人所謂『實無名名無實，』【一】自是極端的說法。 名之與實相爲表裏，如左右驂，偶有齟齬，車即顚覆。 就常理而言，名以表實；强分析之始爲二，其實只是一物的兩面，何得背道而馳呢？ 但人事至賾，思路至紛，名實乖違竟是極普遍，極明確的一件事了。 每每有一名含幾個徵殊——甚至大殊的實相的；也有一實相具多數的別名的。 此篇所談的愛，正是其中的一個好例。 因名實歧出而言詞曖昧了，而事實混淆了，而行爲間起爭執了。 故正名一道，無論古今中外，不但視爲專科之業，且還當牠布帛米菽般看待。 即如敝國的孔二先生，後人說他的盛德大業在一部斷爛朝報式的春秋上，驟聽似傷滑稽。 我八歲時讀孟子到『孔子成春秋而亂臣賊子懼』，覺得這位孟老爹替他太老師吹得實在太凶。 春秋無非是在竹片上畫了些亂七八糟的痕跡，正和區區今日屬稿的稿紙不相上下，既非刀鋸桁楊，更非手槍炸彈，亂臣賊子即使沒有鷄蛋般的膽子，亦何懼之有？ 或者當時的亂臣賊子，大都是些「銀樣蠟槍頭」也未可知。 若論目今的淸時盛世，則斷斷乎不如此的。

但在書生的眼中，正名總不失爲有生以來的一樁大事。 孔丘說，『必也正名乎？』 我們接說，『誠然！誠然！』 只是一件，必因此拉扯到什麼「禮樂刑罰」上面去，在昔賢或者猶可，在我輩今日則決不敢的。 斷斷於一字一名的辨，而想借此出出風頭包辦一切，眞眞是個笑話。依我說，這種考辨彷彿池畔蛙鼓，樹梢螢火，在夏夜長時鬧了個不亦樂乎，而其實了不相干的。這好像有點自貶。但綠蛙青螢尙且不因此而遂不鬧了，何况你我呢。下面的話遂不嫌其饒舌了。

咱們且挑一個最習見的名試驗一下罷。自從有洋鬼子進了中國，那些禮義廉恥，孝弟忠信……卽使不至於淪胥以喪，也總算不得時新花樣了。孔二先生尙以「聖之時者」的資格，享受兩千年的冷豬肉，何怪現在的上海人動輒要問問「時不時」呢。所謂仁者愛人，可見仁亦是愛的一種。孔門獨標榜仁的一字；現在却因趨時，捨仁言愛。區區此吏，雖未能免俗，亦總可質之天日了。（但在禁止發行愛的成年——甚至波及愛美的戲劇那種政府的官吏心目中，這自然是冒犯虎威的一樁大事。）

析愛

恐怕沒有比這個字再出風頭的了，恐怕沒有比這個字再通行的了，恐怕沒有比這個字再受糟蹋的了。「古之人也」倘且說什麼博愛兼愛；何況吃過洋藥的，嶄新簇新的新人物，自然更是你愛我愛，肉麻到一個不亦樂乎。其實這也稀鬆大平常，滿算不了怎麼一回大事。每逢良夜闌珊，猫兒們在房上打架；您如清眠不熟，倦擁孤衾，當眞的側耳一聽，則「迷啊嗚」的叫喚，安知不就是愛者的琴歌呢。——究竟愛的光輝曾否下逮於此輩衆生？我還得要去問問 Behaviourists，且聽下回分解。我在此只算是白說——上邊的話無非是說明上自古之聖人，今之天才，下至阿黃阿花等等，都逃不了愛根的羈縛。其出風頭在此，其通行在此，其受糟蹋亦在此。若普天下有情人鬧而短氣，則將令我無端的悵悵了。

上也罷，下也罷，性愛初無差等；卽聖人天才和——阿黃阿花當眞合用過一個，也眞是沒法挽回的錯誤，並且依我看來也算不得糟蹋了牠。分析在此是不必要的。這兒所說的愛，是用一種廣泛的解釋，包含性愛在內，故範圍較大。我愛，你愛，他愛，名爲愛則同，所以爲愛則異。這就是名實混殽了，我以爲已有「正」的必要了。我們既把「愛」看作人間的精魂，當然不能使「非愛」冒用牠的名姓，而忝然受我們的香火。你得知道，愛的一些兒委曲要醞釀人間多少的慘痛。我們要歌詠這個愛，頂禮這個愛，先得認清楚了牠的法相。若不問青紅皂白，見佛就拜，豈不成了小雷音寺中的唐三藏呢？【二】

此項分析的依據不過憑我片時的感念，參以平素的觀察力，並不是有什麼科學的證驗的。自然，讀者們如審察了上邊胡說八道的空氣，早當付之一笑，也決不會誤會到這個上面去的。我以爲愛之一名，依最普通的說法，有三個歧詮：(1)戀愛的愛，(2)仁愛的愛，(3)喜愛的愛。牠們在事實上雖不是絕對分離地存在着，但其價值和機能迥非一類。若以一名混同包舉，平等相看，却不是循名責實的道理。下邊分用三個名稱去論列。

戀是什麼？性愛實是牠的典型(Typical Form)果然，除性愛以外，戀還有其他的型，如肫摯的友誼也就是戀之一種，雖然不必定含性的意味。戀是一種原始的衝動，最熱烈的，不受理性控制的，最富占有性的，最Aggressive的。說得好聽點，當適境界是人己兩泯，充實圓足，如火的蓬騰，如瀑的奔放，是無量精魂的結晶，是全生命的頂潮。說得不好聽點，這就是無始無名的一點癡執，是性交的副產物，人和動物的一共相。戀之本身既無優劣，作如何觀，您的高興罷。

牠的特色是直情逕行，不顧利害，不析人我。爲戀而犧牲自己，固然不算什麽；但爲戀而損及相對方，却也數見不鮮的。 効率這個觀念在此覺不適用。 戀只是生命力的無端浪費，別無意義可言，別無目的可求。 使你我升在五色雲中，是牠的力；反之，使你我陷入泥塗亦未始非牠所致。 牠是賞不爲恩，罰不爲罪的；因所謂賞罰，純任自然，絕非固定不變，亦非有意安排下的。 有人說戀是自私的情緒，我以爲是不恰當的。 在白熱的戀中融解了，何有於人我相？ 故捨己從人算不得偉大，損人益己算不得強暴。 卽使要說牠自私，也總是非意識的自私罷。 權衡輕重，計較得失，卽非戀的本恉了。若戀果如此，非戀無疑。

有明哲的審辨工夫的，我們叫牠爲仁，不叫牠爲戀的。 明仁的含義初不必多引經據典，只是『己所不欲勿施於人』【三】這個解釋便足夠了。

在先秦儒家中有兩個習用的名，可以取釋這差別的：就是戀近乎忠，仁近乎恕。忠是什麼？是直。恕是什麼？是推。一個無所謂効率，一個是重効率的。如我戀着您，而您的心反因此受傷，這是我所不能完全任咎的。但我如對您抱着一種仁愛的心，而絲毫無補於您，或者反而有損，這就算不得眞的仁者了。强要充數，便是名實乖違了。仁是憑着効果結賬的，戀是憑着存心結賬的。心藏于中不可測度，且其究竟有無幷不可知；所以世上只有欺誑的戀人，絕無欺誑的仁者。沒有確實仁的行爲，決不能證明仁的存在。戀則不然。牠是沒有固定的行徑的。給你甜頭固然是牠，給你吃些苦頭安知不是牠呢？若因吃了苦便反臉無情了，則其人絕非多情種子可知。雙方面的，單方面的，三角形的，多角形的同是戀的諸型，同爲戀的眞實法相，故戀是終於不可考量的。水的溫冷惟得嘗者自知，而自知又是最不可靠的，於是戀和欺誑遂終始同在着。戀人們寧冒這被誑的險，而闖到溫柔鄉中去。 由此足以證「戀是生命力的無端浪費」這句話，的確實不可移了。

有志於仁的見了這種浪子，眞是嘴都笑歪了。 他說，那些無法無天的混小子懂得什麼成熟的愛。 愛不在乎你有好的心沒有，（我知道你有沒有呢！）而在乎你有好的行爲沒有。 在歷程之中要有正當的方法，在歷程之尾要有明確的效果。 這方算成立了愛的事實。 您要和人家要好，多少要切實給他一點好處，方能取信；否則何以知道你對他有好感呢？ 即使你不求人知而這種 Plato 式的愛有什麼用呢？ 這番話被戀人們聽見了，自然又不免搖頭嘆息。 『這眞是夏蟲不可與語冰啊！』

其實依我說，仁確是一種較成長的愛根，雖不如戀這般熱烈而迫切，無疑，這是人類所獨有，絕不能求之於其他衆生間的。 牠是一種溫和的情操，是已長成的，是有目的，有意義的，是能切實在人間造福的。牠決沒有自私的嫌疑，故牠是光明的；牠能成己及物，故牠是完全的；當牠的頂潮，以審思明辨的結果而捨己從人，故牠是偉大的。所謂博愛兼愛這些德行，都指這一種愛型而言，與戀愛之愛，風馬牛不相及的。

以戀視仁，覺得牠生分凡俗；以仁視戀，覺得牠狹小欺誑；實則都不免是通蔽相妨之見。我們不能沒有美伴良友，猶之我們不能離開社會一樣。對於心交還要用權衡，固然損及渾然之感。對於外緣，并權衡亦沒有了，動輒人己兩妨，豈不成了大傻瓜了嗎？在個人心中，戀誠然可貴，而在家庭社會之間，仁尤其要緊。慈的父母，孝的兒女，明智的社會領袖，都應當記得空虛的好心田是不中用的，眞關痛癢的是行爲。要得什麼果子，得先講講怎麼樣栽培。方法和效驗不可視爲塵俗的。

析愛

原來超刹那的熱戀，只存在於成熟的心靈們互相團凝的時候。這眞是希有的畸人行徑，一則要內有實力，二則要外有機會，絕不是人人可行，時時可行的。我們立身行事，第一求自己能受用，第二求別鬧出笑話；可行方行，可止即止，不要鹵莽滅裂，幹那種放而不收的事。一刹那的熱情固可珍重，日常生活中理性控制着的溫情更當寶貴——且自安於常人罷。譬如布帛菽米，油鹽醬醋，家家要用，而金剛石只在皇冕上，貴婦人髮際眩耀着。一樣的有用，（需要即是用）但所用不同。一樣的可貴，但所以貴不同。常與非常本無指定的高下。就一般人說法，適者爲貴，則常之聲價每在非常之上。雖聖人復生，天才世出，不易斯言。

戀與仁雖是直接間接的兩型，而都屬於愛的範疇內。喜便不然了。喜愛連稱，但喜實非愛。明喜非愛，並非難事，舉一例便知。顧誠吾君說：

『謝太傅問諸子姪，「子弟亦何預人事而正欲使其佳？」諸人莫有言者。車騎答曰，「譬如芝蘭玉樹，欲使生於庭階耳。」（世說新語） 拿子弟當做芝蘭玉樹，眞是妙不可言。 試看稍微闊綽的人家，誰不盼望「七子八壻」「兒女成行，」來做庭前的點綴！ 但一般普通人家固不能一例說。 他們的觀念只是「養兒防老，積穀防饑。」 不拿子弟做花草，却拿兒子做稻麥了。 上一個不過是撫摩玩賞的美術品，後一個却是待他養命的實用品了。』 （新潮二卷四號六七九頁）

芝蘭玉樹羅列庭階，可喜之至了；但何預於愛。 無意中生了兒子却可用他來「防老，」可喜之至了；但何預於愛。 若以這些爲愛，則主人對於畜養的雞貓鷹犬，日用的筆墨針線，豈非盡是歡苗愛葉了？ 通呢不通？

更可舉一可笑之實例，以明喜愛之殊。如男女們締婚，依名理論，實爲戀的事情，而社會上却通稱「喜事。」所可喜者何？無非男的得了內助，女的得了靠山，在尊長方面得人侍奉，在祖宗方面得有血食。子子孫孫傳之無窮，而「不孝有三，無後爲大」之懼可以免夫！一言蔽之，此與做買賣的新開張，點起大紅蠟燭，掛起大紅聯幛時之喜，一般無二。因性質同；故其鋪排，陳設，典禮無不畢同。一樣的大紅蠟箋對聯，無非一付寫了「某某仁兄大人嘉禮」一付寫了「某某寶號開張之喜」罷了。有何不同？有何不同！其實呢，您如精細些，必將發見其中含有喜劇的錯誤，甚至於悲劇的錯誤呢。只因喜與戀一字之差，而普天下之癡男怨女，每飲恨吞聲，至於沒世而不知所以然。誰爲爲之？孰令致之？大家都說不出來，於是大家依樣畫葫蘆罷，牽牽連連的墮入苦獄，且殃及於兒女罷。紅紅綠綠，花花絮絮的熱鬧，我每躬逢其盛，卽不禁多添一番惆悵，一種寥寂，覺得我是被人間棄擲了。　在大街上，如碰見抬棺材的，我心中不自主的那麼一鬆；如碰見抬花轎的，我就心中那麼一緊。　弛張的因由，我自己亦說不淸楚，總之，當哀不哀，當樂不樂，神經錯亂而已。　在名實乖違的世界上，住一個神經錯亂的我，也覺恰當好處。　您難道不以爲然嗎？

閒話少說。　試比較論之，戀在乎能人我兩忘，仁在乎能推己及人，喜則在乎以人徇己。　戀人的心中，你卽我，我卽你。　仁人的目中，你非我而與我等，與我同類。　若對於某物的喜悅，只是「你是我的，你是爲我的」這點計較心，利用心而已。　有何可喜？　你爲我所有，爲我所用，爲我作牛馬，爲我作點綴品……等因故。　反之，你不然，則變喜成怒，變親成仇，信爲事理之當然了，何足怪呢！　這種態度以之及物，是很恰當的。　掉了一顆飯米，就心天雷

树愛

蟲頂；走一步道，怕踹死了螞蟻致傷陰騭；像這種心習眞是賢者之過了。汎愛萬物，我只認爲一種綺語而已。但若用及物的態度來對待人，甚至於骨肉之親，則不免失之過薄，且自薄了。這猶可推諉，人各有心不能相强。希望他不如此，而他竟如此，又怎能奈何他呢？——可是，猶不止此。因名實交錯，致喜愛不分。以我的喜悅施於人，而責人以他的愛戀相報；不得，則坐以不情之罪。更有聾盲，不辨黑白從而和之。一面脅制弱者使他不及知，使他知而不敢言。這眞是鍛鍊之獄！

依我斷案，這不僅是自私，且是惡意的自私；不僅是欺誑，且是存心的欺誑；不僅是薄待某一個人，且是侮辱一切人（連他自己在內）；不僅是非愛，且是愛的反對。以相反的實，蒙相同的名，然後循名責報，期以必得；不得，則以血眼相視，而天下的惡名如水赴壑，終歸於在下者。用這種方術求人間的安恬，行嗎？ 卽使行，心裏安嗎？ 卽使悍然曰安，能久嗎？ 「正名」「正名」的呼聲，原無異於夏蟬秋蟲。 但果眞有人能推行一下，使無老無幼，無賢無愚，無男無女，飲食言動之間，一例循名責實，恐怕一部二十四史都要重新寫過才好呢。 說雖容易，不過這個推一下的工夫，自古以來誰也做牠不動。 我們也無非終於擁鼻呻吟而已。

所謂「言各有當，」戀以自律（廣義的我，）仁以待人，喜以及物，是不可移置的。以戀待人失之厚，及物則失之愈厚；以喜待人失之薄，律己則失之愈薄。 報施之道亦然。 名實相當，得中，則是；相違，過猶不及，則非。 名實違忤至今日已極，以致事無大小，人無智愚，外則社會，內則家庭，都搖搖欲墮，不可終日似的。 愛之一名在今日最爲習見，細察之實具直接的和間接的兩型，機能互異而喜且爲貌似的贋品：以這兩種因由，我作「析愛」一文。

猜愛

【一】列子楊朱篇。

【二】西遊記第六十五回。

【三】論語第十五章。

二四年六月二十一日作於西湖飯樓。

五絕兩首

堅銘

夜半夢歸家，家人笑語譁。
醒來付一歎，帳裏又天涯！

欲住難爲住，思歸未許歸。
夢中雖有路，無奈祇依稀！

黄昏
子愷
T.K

暮

葉聖陶

電燈成穗地挂着的廳事中，西窗的斜光纔欲退隱時，所有的色彩似乎黯淡了一點，主人翁覺得不耐了，「來，把燈開了！」拍的一旋，如同閉了眼好久驟然張開來地一耀，什麼都髣髴更塗上了一重油彩。這誰說不是快適的享用，文明生活這題目中應有之義呢？

那工場中的地下室，圍困在幾百間房間裏的單人的客舍，百貨商店的櫃檯櫥架之間，以及沉沒在煙裏霧裏的什麼什麼鋪子和人家，電燈卜晝卜夜地亮着，直把大化運轉的痕跡抹掉了。這是事實的問題，嗜了必得牠亮；否則，爲着生存爲着生存（想寫第二個爲着，以爲總該有別的，却覺得只有爲着生存最妥當，所以又寫了一個，就此爲止，不再寫第三個了）的種種活動不要停頓了麼？

我不反對有快適的享用的文明生活，事實的問題尤其是無可反對。但是，我不禁爲這等境界中人惋惜，他們有的是優游的，有的是勞困的，而同樣地失却了一種足以吟味的美妙的詩境了。有如對於音樂一般，某甲則心領而神會，某乙却無異對琴之牛：感受與不感受固截然有別，即是感受又大有程度之差；然而沒有音樂送到耳邊，始終不給你接觸的機會，這無論在某甲某乙，都該是一個缺憾吧。

這美妙的詩境就是「暮」。

所謂暮者，乃指太陽已沒到地平線之下，而黑暗的幕還沒有拉攏來，一切物承着太陽的殘餘的弱光這期間。這自然不是「斜陽暮」了。在這時候，我們可以翫味那暮的特有的顏色。充滿空際的是淡淡的靑。若比晴朗的長天沒有那麼明，若比清澄的湖水，沒有那麼活，這是微暗的，輕凝的，朦朧的，有如紙捲煙頭徐徐裊起的煙縷，又致人想起堆在枕旁的美人的蓬鬆髮。 這青色蒙上屋簷窗櫺，庭樹，盆花，以及平田長河，密林，亂山等等，任是不協調的也給調和了；牠們凝合為一氣，消融了各具的輪廓和色彩，在神秘的蒼茫中存在着。

自然，我們也給這青色蒙住了，若從超人間的什麼眼看來，我們就在這一氣之中，正如一滴之於大海。 但是我們有我們的我執，便覺這淡淡的青有一種壓迫的力量，輕輕的，十二分輕輕的，然而總會致我們感覺着。 這力量似乎離頭頂一尺的光景，——不，不似乎觸着了頭頂，——不，壓到眉梢了，——也不，竟然四肢百體都壓到了。 雖然是壓迫，不但輕，而且軟，彷彿靠着木棉花的枕頭，裹着野鴨絨的被褥。 這樣，被壓得透不轉氣來自是沒有的事；而使神經略微受點激刺，同喝這麼一盞半盞酒似的，却恰有這個功效。於是我們不醉於美德不醉於歡愛，不醉於旁的一切，而醉於暝色之中了。

「暝色入高樓，有人樓上愁。」

這醉的滋味就是愁。 但是，是怎樣的愁呢？ 這不同於夕陽將下，孅孅的淡黃光映在屋半腰樹半梢那時候所感覺的。 那時候感到一種衰零的情味，莫名地惋惜，莫名地惆悵，扼要稱說，當然逃不了一個愁字。 而在暝色之中，依戀是沈下去了，更無所謂惋惜，馳騖是停止住了，更無所謂惆悵。 只有一種微茫的空虛之感，細細碎碎的又似乎無邊無外的，在那裏刺着我們的身體，闖入我們的心。 這也是愁呀，但不涉困窮，非關離別，侵掠到勞人思婦以外，所以更是原始的，潛在的。 在含着上兩句的那首詞的下半闋有句道，

「何處是歸程？」

是何處？ 是何處？ 實在無所歸呵！ 於是那詞人發愁了。

我們想象那「日暮倚修竹」的佳人，她那時候一定不在想身世的遭際，戀愛的問題，等而下之如關於服裝飾物那些事情。 暝色籠住了她，修竹發出瑟瑟的低響，那種微茫的空虛之感滲入她的任何部分，無所歸呵！無所歸呵！ 她只有默默地倚在那裏了。

又試念李後主的句子，

「獨自暮憑闌，無限江山。」

江山無限，在蒼茫的暝色之中更能體會。 但是，歸向何處呢？ 江之東，江之西呢？ 山之南，山之北呢？ 誰料全都不是歸路，只有一句「無所歸呵」的回答！ 這是李後主當時的愁緒。 至於國亡家破之感，他當然是有的，但這時候歸於渾忘了，他卸去了彩色斑斕的愁的衣服，看見了赤裸的潛在的原

暮 始的愁了。

猶之當潸然滴淚的時候，心酸是微微地，脈脈地，乍一念起，覺得這是個微妙的境界，其中有說不出的美；暝色之中的愁思正有同樣的情形，所以我說牠足以吟味。

如其不是獨處在那裏，旁邊伴着的有愛人或至友，想來也只有默對吧。在這樣的境界之中，有什麼可說呢？有什麼可說呢？

四月十八日作。

詩一首　白采

秋山如美人，秋月如處女。　處女嬌可憐，美人瘦如許！
我亦抱秋心，意與山月侶；攬景獨徘徊，長空聞雁語。

不寐

頡剛

許多朋友聚在一起，開口總是討論人生問題。所謂人生問題，換一個名詞去說明，就是戀愛問題。我坐在旁邊，正想着當天的工作和以後進行的計畫，一句話也沒有。他們有時問我道：『你的意見怎樣？』我不是順着他們說了幾句，便是老實說沒有意見。他們爲了人生起了種種不安，看我這等安靜，不禁稱羨道：『沒有人生問題的人不會生出許多閒煩惱，眞是很大的幸福！』

我確是這般，學問上的問題太多，把人生問題屏斥到思想的範圍之外了。每到夜中就寢，常常歎恨道：『今天一天又是這等的冤枉過去了！我竟是爲他人活的！』到了牀上，轉側不能成眠，心頭所起的念慮總是這一天，這一星期，以至這一年的結帳，覺得在這些時間之內太不能有贏餘了。因想現在如此，將來如何，不是終身無成嗎？ 於是又起了許多悲憤的感想。把這些感想歸納起來，總是這一點意思：『我自己願意做的工作已經繁重得做不完了，便是不爲社會服務，也決不會有空閒了。 若能順了我的志願做去，我的成績當然要比現在好。 可恨社會上不能了解我，許多方面都要把我使用，遂致奪去了我的正當的生活。 他們那裏知道我是只能爲自己的興味而工作的；興味不在，實在比任何人還做得壞。』

但一轉念間，又想道：『你不是富人，也不是貴族，你當然要爲你的衣食和家計而努力于社會上的工作。 純粹的研究學問，在現在的中國本只有幻想是允可的。』 但感情又起來駁辨道：『這是理智的遁辭！ 世界上只有隨順自己的個性是真實的生命，是有價值的生命。 你若愛好你自己的個性，便應稱心爲好，一意孤行。 一生的期限這樣短促，若儘管隨了他人俯仰，一忽兒你就老了！』

大約在上半夜的不寐之中，總是顛顛倒倒地發洩對于日間生活的抗議。

我向有失眠的病症：不是上半夜不易入夢，便是下半夜容易早醒。

當半夜醒時，心氣平了，有些清冷冷的感覺，逈不像就寢時的充塞了煙火氣。 那時鐘擺的響聲，窗紗上的月色，都使我起了幽寂的美感。 這些美感漸漸地引起我回想幼年至青年的舊事，而生出無窮的眷戀。

我的幼年生活，確是值得眷戀。 當我出生的時候，我們家中還沒有一個小孩，所以長輩都很寬厚的給我以過度的慈愛。 幾位姑母和姻戚家的姑母都有十餘歲了，她們以抱小孩爲樂事，爭把我抱着拍着。 我在她們提抱中的樂趣現在固然想不出來，但稍後的耳鬢撕磨之情還能髣髴一二。我家有一個院子，滿長着青草，牆上和牆角常有薔薇海棠鳳仙等花開着，是一家中最有生趣的地方。每到夏夜，她們常在那邊設榻鋪席，乘涼到夜深。我是她們的小友，所以常喚我同眠在竹榻上，講故事，唱山歌。有時戲謔起來，一方不服，撮了手指呵對方的脅肋，大家笑得不成樣子，竟至撲倒在我的身上。我在這時，完全沒有別的念慮，只覺得世界是十分甜美而已。

當我十歲左右，又添了一個新的伴侶。她是一家親戚家的小姑娘，比我小一歲。她的家離我的家很近，所以幾乎天天來。我的讀書興味發達甚早，這時已很喜自己讀書，許多小孩的游戲大都沒有我的分兒；親戚家的孩子到我家來，我也不甚理會。許多長輩談起我，總說我沈悶。但這位小姑娘却能把她的溫潤的容顏和活潑的性情化開我的凝滯的心，使我自己感到流動的愉快。她剪許多花樣給我看。她講許多故事給我聽。她和我同做鬭草，捉蟋蟀，搭益智圖等游戲。

有一天，我到她那邊去，她正坐在一張茶儿之前，兩足插在茶儿的中層，由她的母親監督着讀書。她見我來了，每讀了幾句書就瞪着兩個烏黑的眼珠向我實實瞧幾下，書聲也懶下去了。我知道她的意思，但我是最害羞的，說不出替她請求的話，只得靠在茶儿旁邊看她讀書。停了一刻，她的母親懂得我們的意思了，喚她道：『哥哥來了，你同他去玩耍罷！』我們聽得了這一句話，眞似天空裏發下的赦令一般，想不盡的喜悅，立刻攙了手到院子裏弄花草去。這一天弄的花草格外有興趣了。

我初見她時，她正梳着兩股小辮。後來改了一股大辮，過了幾年又改了兩個小髻，再過幾年又改了一個大髻。頭髮的束法的改變，使得我們也漸漸地感到相親的羞澀。我知道她快要嫁了，也知道我快要娶了。我們雖是常常見面，但只覺得疏遠的空氣逐次緊張；雖是依舊談話，但髣髴句句話都加上一層遮蓋。

在這樣的空氣中，有一個夏天，我們幾家的太太雇船往荷花蕩遊覽，我和她是帶去的小輩。老輩喜歡講家事，她們儘坐在艙中談話。我們二人坐在外艙，看着一望無際的荷田，早已心醉在這些美麗的景物中了。船向荷花深處搖去，無數的翠綠的葉和紅白的花都從船唇彎到船頭上來。她高興極了，隨手摘取，積了一堆。有時她見了一朵好花，離船稍遠，攀不到手；我的臂膀長一點，替她採了。吃飯時，船泊在一株楊柳之下，微微的風飀動了柳絲，吹起了荷香。我們深深地領略一番，才返棹回城。這一天，我覺得多年的緊張的空氣都給荷葉荷花收了去了，我們的心又像小魚一般的在一盌清水中活潑潑地游泳了。但可憐這一回是年歲長成之後的僅有的一回！

自從各人婚嫁以後，她不在本鄉，我也常在北方，大約一年之間只能見一次面。起初尚還通信，後來信也沒有了，只有新年中的一紙賀年畫片居然延了幾年。有一年，我因旅行之便，前去見她。這地我是初到，很想游覽一周，但她已不能和我同出來了，由她的丈夫伴着。她的丈夫對我非常殷勤，同游了花園又同上高山。但不可免的悲感一時忽坌湧着，我再不能享受這些自然的美感了，我只覺得上天下地都張滿了慘酷的羅網，在這羅網之前，挂着一幅黯淡的命令，上面大書道：『去罷，你們的交誼原已完了！』

從我們的婚嫁到現在，不覺忽忽十五年去了。我惟有在讀詩歌小說時偶然微笑；再不然，就是從歌臺舞榭間瞥見茜紅色的殘影而已。除此之

不　綠

外，我總覺得我的處世的智慧太多了，自知之明也太强了，即使愛慕之情漸已成長，也決不敢輕易流露的。（往往相見了許久而沒有談過一句話。）這自然是我的怯懦，但也或有其他的原因罷。想我幼年時，浸潤于性美之中而不自省，故能縱恣地享受；過了幼年期便永遠沒有這個福分了！我也未嘗不想重溫起兒時的情趣，但在事實上行嗎？況且，以我的現在，到處都易生嫌疑；嫌疑的進一層便是嫌惡。我既不願修練非人情的苦行，又受不起人家的嫌惡，惟有立定主意，凡是可以躲藏退避的地方總竭力的躲藏退避。但是這僅足使我『身名俱泰』，多一層入世的保障而已！

我在夢中，有時也見到我所願見的人。我依然羞澀如故。對方卻耐不住了，向我作老實的表示。我禁不住掉下淚來，對她說道：『我已不應該和你接近了；你來和我接近也太不値得了。我們若是眞的相愛，還是大家留下這一點悵惘之情罷！』說到這句時，驟然心跳而醒。雖是枕上還留着淚痕，但自喜又得了一度性美的欣賞，又獲得一種無盡的情意，心中非常安慰。大約我在成年以後，只有夢裏纔能得到這種的安慰了！

當我回想幼年至青年的舊事時，時間是過去了，人是沒有在眼前的了，或者已經死去了，什麼都沒有了；所有的只是這一點回想中的悲感。牠永遠印在我的心中；每回想一回，那創痕便作一回新的迸裂。在這個時候，有如箭簇的攢聚，作細碎的痛酸，使得我的心幾乎萎弱的停止跳動。我怯于承受，屢屢想道：『此後還是不要再去享受這些美感吧！所有的快樂，都是寫了苦痛的借券去賒來的。等到快樂完了，苦痛就成了一宗還不清的陰債。沒有樂莫樂的新相知，那會有悲莫悲的生別離呢！我還是把我的心渟成了不波的古井吧！』但是一轉念間，又覺得這一段無可奈何之情纔是我的眞生命，我應當珍重護持。至于學問，本是一種避免悲感的蒙汗藥，我只應該在無聊之中借牠作遣愁的東西，那裏是自己的事！昔人有言：『不爲無益之事，何以遣有涯之生！』學問原來是悲感的副產品呢。

在下半夜的耿耿不寐之中，不知何故，翻來覆去只是轉着這些念頭。雖是想了之後引起强烈的淒淸的悲哀，但同時也感到異樣的細膩的美感。我把這個美感細細地玩味，愛好極了，覺得只有終老于閒愁之中纔是待己最厚的方法。

兵營中的喇叭聲吹落了月色，雞鳴喚起了晨曦，不久我起身了。一踏到地，思量今天應作些什麼，頓覺得今天要做的事多極了，非立刻動手不可。於是我的心又回到學問上了。我妻和我說話，我單聽見聲音，不聽見話，只管胡答應。她道：『我問你的話爲什麼不回答？呆想些什麼？』我纔知道她在問我話，只得回問道：『你說的是什麼？』 在這個時候，我又覺得無論什麼事都足以給我厭煩；爲避免這個厭煩計，最好逃到荒島上去，一個人也不瞧見。 朋友來談話，他們不自覺地把談鋒轉到了愛情，我暗暗地想道：『世界上許多事情，難道只有這一件事是值得高興的嗎？ 爲什麼人類不像蜂蟻一般的會有中性？』 我真想做一個中性的人了！

『抽刀斷水水更流，』直到半夜夢醒，又想起我自己的事情原來不是如此。

有時逢見一個詩人，立刻興起我自己的羞愧。 我想：『我的思想爲什麼會得這樣的質實而且平正？ 他所表現的纏綿淒楚的哀感與美感，我也能彀領略，但爲什麼變不了我的思想的徑路？』

恐怕我有兩重的人格罷！ 不然，怎會這樣衝突，使我常常飄泊于兩個

不兼

截然不同的世界而不得安定呢？

不[illegible]

二，二八。

時新旦角戲

舊劇旦角有二種：一青衣，一花旦。青衣爲極度的端重，花旦爲極度的輕佻，各走極端，非復人情。自梅蘭芳混合二者爲一，自成一派，始不復以扮相辨貞淫。此是無意中對于舊劇作一大變革，從此伶人可以自由地表演女性的美了。程豔秋朱琴心碧雲霞金少梅秦鳳雲琴雪芳等效之，于是數年之間出了許多新的漂亮的旦角戲。今約舉如下：

木蘭從軍　霸王別姬　鄧霞姑　洛神　嫦娥奔月　紅線盜盒　黛玉葬花　一縷麻　千金一笑　西施（以上梅排）　孔雀屏　花舫緣　賺文娟　鴛鴦塚（以上程排）　樂昌公主　陳圓圓（以上朱排）　嬰寧一笑緣　活捉王魁　文君當爐　黛玉焚稿（以上金排）　馮小青（以上碧排）　青梅　綠窗殘淚（以上秦排）　西湖主（以上琴排）

我寫了這個目錄，自己很悲傷，因爲這個風氣造成了之後我幾乎不看戲了。入世以來，人事日過日緊，至今連休息還談不到，那想騰出整半天的功夫去看戲。以上的目錄，大都是從報紙上看到，或從友人口中談到，我只知道現在是在這樣的風氣中而已。（頡剛）

「我來自東」

金湜若

——我東曰歸；我心西悲。——

露佚從接到他家鄉父親的來信以後，同時生了兩種不同的情感：他想到自己不到一個月後，就可以和他明媚可愛的故鄉，和慈愛的母親，活潑的小弟妹們會面，他覺着有一種說不出來的快樂。但是轉來一想，他快要離開荒蕪了他天眞的少年時代的異邦之土，而和他十年來的相親愛的朋友們分別，又不得不使他感着一種切身的痛苦。

——哦，讓我過了十餘年的浪漫生活的日本喲！受了你十多年氣的野心勃勃的日本國民喲！我快要離開你們，向我慈母般的祖國的懷裏去了。

——親愛的異邦的故友們喲！ 可愛的肉麻的異邦的女人喲！ 別了！

——別了，我們若想要再會，至少也要在十年以後！

他雖然時常受了日本青年的嘲笑和冷視，但是十年生長在這裏的露佚，對於這異邦的感情却比十年來未嘗踏過的他的故鄉的土地，反是濃厚得許多。 他接到他父親的來信的當時，雖然被故鄉和家庭的吸力，使他感着一種莫名其妙的快感，但是同時，由留戀他童年契友的心情，和想起他祖國朋友來信所說中國社會的可怕，不得不使他起了一種怕囘故鄉而依戀日本的情緒。

——日本！ 眞是我第二的故鄉了，你看他們多血質的青年多麼可愛！你不聽家鄉友人的來信麽：中國的社會，簡直不是人住的；何況是我們青年人！ 啊，這樣壞的地方，我還值得囘去嗎？

他現在對於平日所最憎惡的野心的日本青年，竟有了一種依依不忍捨的樣子。他想到中國的社會，簡直不是人住的幾句話，使他傷心到極點。他天天所期望的，每回被日本人嘲罵時必定想到的故鄉，竟壞到這個地步，他簡直不曉得怎麼樣好。他想到自己沒有安心的地方，他的眼淚禁不住一顆一顆滴下來了。但是隨後，他又勉强壓住這些悲哀，在他自己的腦裏，描寫了個更好的，風光明媚的樂園，來追憶着他十年前的故鄉。

——哦，這不是你的故鄉嗎？你看落霞潭的美景，華蓋山的莊嚴，松台的朝陽。這正是你的故鄉，這正是你十年前的故鄉！那裏也有美麗的處女，怕比日本這些肉麻的女人，還要嬌豔得許多。你已經在這殘酷的異邦裏，荒過了你的天眞時代，你再忍心把你甜蜜可愛的青春，也在這小小的海島上摧殘了嗎？啊啊！回去，回去！向你可愛的故鄉！在那裏，把你不飲而醉的青春的美酒，捧給你同胞的姐妹們，和她們共醉！

似花似蝶的他同胞的青年女人，和樂園般的他故鄉的美景，一幅一幅，好似看着電影一般輪流過去。這引誘力强大的幻像，使他下了一個堅牢的回家決心。他卽刻寫了一封信給他父親，說他已經決意回家，叫他父親快點把費寄來。他封好了信，鑽入了被窩，還在追念着這甜蜜的幻像。

——哦，這不是你的故鄉嗎？你看落霞潭的美景，華蓋山的莊嚴，松台的朝陽。這正是你的故鄉，這正是你十年前的故鄉！那裏也有美麗的處女，怕比日本這些肉麻的女人，還要嬌豔得許多。你已經在這殘酷的異邦裏，荒過了你的天眞時代，你再忍心把你甜蜜可愛的青春，也在這小小的海島上摧殘了嗎？啊啊！回去，回去！向你可愛的故鄉！在那裏，把你不飲而醉的青春的美酒，捧給你同胞的姐妹們，和她們共醉！

在被窩裏打了幾個滾，總是睡不着。爲了這種幻像，使他眼都花了。直到十二點鐘多，才漸漸地安靜入睡。

第二天早晨，他醒來已經很遲了。早晨的太陽，照着朝東的紙窗，映得小小的房間，充滿着紅光。露伏還貪着被窩裏的溫暖，不肯起來。他緊閉着眼睛，一面避着太陽的光線，一面在他的腦海裏描寫着十年來的一頁一頁的過去的生活狀態。

——哦，可愛的島國的風景！肉麻的島國的女人！

——白雪不溶的常白的富士！箱根山上的溫泉！日光的古跡！瀨戶內海的海景！呀，日本！島國的日本！風光明媚的日本！世界三大公園之一的日本！不到一個月，我就要和你訣別了！

——肉香熏人的日本料理店的侍女，不知廉恥的日本下宿的下女，美麗多情的日本女學生，駡我們中國人爲 Chanhuro 的日本的無賴，叫我們爲支那人 (Shinajin) 的無知的日本下等女人喲！　不到一個月，我就可以免了你們肉麻的欺騙，和無恥的嘲笑了。

——當沉悶得無地可走的時候，常去呷咖啡和威士其酒的早稻田大學對面的咖啡店侍女秋子喲！　不到一個月，我就要離開你，回我的故鄉去了。　但是我去了以後，你肉的引誘，定是依舊不變地在向餓犬般的你祖國的青年們作用。　呀，你胸前乳尖圓滿的曲線，你頸邊腋下誘人的粉香！　不到一個月，我就再也不能受你這種誘惑了。

——許多許多異國嬌豔的異性朋友喲！　安慰我飄浮的心兒的在小學時的同學榮子喲！　不到一個月，我再也不能受你們的愛了。　悲哀時的握手，快樂時的接吻，也只能在遙遙的遠鄉追懷了。

——露佚正在想得入神的時候，他樓下的三十多歲的房東的女人，推開唐紙（紙門名）走進來了。

——露佚先生！很遲了，還不起來嗎？學校裏還有功課的呢，已經八點鐘多了，牛奶也早已送來了。

她一面說着，一面把牛奶放在桌上。——露佚被她這一叫，嚇得睜開眼睛，但是又因為怕那猛烈的太陽光綫急急地又閉了牠們。

——哦，謝謝你，請把牠放在桌上！

——噯！

他待她去了以後，就急急地把被褥摺開，到樓下去洗面去了。洗好面，呷了牛奶，吃了兩片麵包，把昨夜寫的給他父親的信夾在書中跑出去了。

在郵政局裏，躊躇了好幾次，才忍心把信投入了信筒。一氣跑到學堂，坐在教室裏，就好似成了死人一般；一聲也不響，眼睛只是釘着黑板，心中還是不住地在解决回家不回家的事。他有時責備自己不該早晨早早就把那封回信發去，應該先和榮子商酌一下才好，所以他有時竟想即刻就再寫信去向他的父親改正。

——哦，我不該回去！日本眞是我第二的故鄉！你看，這裏風景怎樣明媚，這裏女人怎樣可愛！還有，你不聽家鄉友人的來信麼：中國的社會簡直不是人住的；何況我們青年人！呀，不要回去，不要回去！雖說這裏沒有你的親人，但是榮子不是很愛你嗎？她不是說過：我情願做你的愛人，永遠在你的懷抱中！呀，眞的不要回去，眞的不要回去！快寫信去對你父親改正了好！

他雖然有時這樣想，但是終究被他心中所描寫的美麗的故鄉所攝伏了。

——日本有什麼，日本有什麼！你家鄉不是有比這更好的風景，更美豔的女人！哦，日本有什麼！回去，回去！向你美麗的家鄉！那裏還有你慈愛的母親期待着你！

他那一天的功課，竟於這樣空想之中完了。他挾着書包，正想向他的寓所囘去後，面竟有什麼人在叫他的名字。

——露伏君！露伏君！

——什麼人？哦，小林君！你回去沒有？

——哦，我就要回去了！明天是禮拜天，倘若天氣好，我們同到荒川去看櫻花去好嗎？你在家裏等我，我定去找你！

——好，我定等你！

小林是一個可愛的青年，是露佚最要好的一個朋友。他的家裏，祇有他的雙親，和一個年輕的妹妹，都待露佚很好。每當禮拜天，或别的休息日，露佚總和他同到名勝地方去遊玩，或到影戲館裏去看電影去。

露佚回到家裏，吃過了晚餐，早早就把身體躺在被裏；但是心中還在着計劃回家的事體。

——今天信已發去，一個禮拜後可到溫州，回信至少還要十多天……哦，不到一個月，我就能夠和我十年前的故鄉會面了。

一種隱隱的快樂，使露佚漸漸地入了夢境。

* * * * *

小林的呼聲，把露佚從夢中驚醒。他睜開了眼睛，看小林已經立在他的枕邊向他微笑着。

——快起來，我們要早些動身才好！你要就起來，我到外面買點東西帶去當點心，就回來！

荒川是帶清澈的河流，水流急速得很。兩邊的土堤上，滿植着各種櫻樹。

陽春三月的前後，櫻花開得似雲似霞的時候，淫氣熏人的日本女人，滿塗了一臉的脂粉，和着她們凶惡貪淫的男人，做一種奇特的舞蹈的樣子，在堤上走着。有的醉了酒，亂七八糟東一撞西一碰；有的塗了一臉的顏料，口中唱着似歌非歌的亂喊；有的把帶來的紅毯展開在一片空場上，叫了幾個女人，彈琴唱歌。酒氣和肉香及脂粉氣混攏來的一種說不出來的臭味，隨着微風的飄拂，掠過我們的面頰。這就是日本人年年總有一二月鬧的櫻花會了。很可以看得出一種狂熱的，肉麻的島國的特色。西洋人看了，定會驚異起來。

——啊，到底免不了這種野蠻民族的特色！

露佚和小林雇了一隻小舟，溯上荒川。——這裏的小舟很簡單，也沒有什麼裝飾，也沒有槳。只用一丈來長的竹竿，一面當舵，一面當篙，把船體慢慢地撐去。因爲水流很利害，所以向上流撐，是很不容易。他們一面把帶來的司喜（Sushi日本點心名）來吃，一面談話，一面看看岸上的怪現象，很可以得到一種浪漫的快樂。最後，露佚忍着一種極度的痛苦向小林說：

——小林君！不到一個月，我就要和你分別……

——噢，分別！到什麼地方去？

——回中國去，前幾天接到父親的信，叫我就要回去。

——那麼我們幾時可再會？

——算不定！

——謊話，有那樣事！ 爲什麼？

——眞的，等錢一到，我就要動身了。

一種奇異的緊張，支配了他們兩人，默默地一句也不響，好好的遊興，竟被這幾句話完全弄糟了。

——哦，這是我最後的一次了。 狂熱而肉麻的海島民族喲！ 不到一個月，我就要和你們作別了。 小林，親愛的小林！ 這怕是我們最後的一次了，不到一個月後，我們怕再也不能同來賞這美景了。 急流的荒川，奇異的櫻花會！ 這是我們最後的一次了。

他忍不住這種別離的情緒，暗流了兩行眼淚，隨手拾起兩三片被風吹到舟上的櫻花的殘片，輕輕地接了一個吻，把牠夾在帶來的書中，做日後回憶時的紀念。

* * * * *

光陰好容易過去，從露佚回信發去以後，已經有二十多天了。

露佚剛吃過晚飯，把身體躺在席上。天色雖然漸漸昏暗下去，但是露佚却不願意把電燈扭上。他的雙眼昏昏迷迷凝視着天花板——天花板上老鼠行便了的痕迹，呈出一朶一朶的雲形，很可以看得出這屋是已歷年很久了。他這樣凝視了天花板一會，又把他的眼睛輕輕地移到透來極細微薄弱的光綫的紙窗上去。

——今天十五，十九有輪船開。這裏到神戶，還要坐兩天的火車，至遲大後天的火車是定要起身的了。哦，大後天，十七，只有一天多的時間了。只有一天多，不到兩天工夫，我就要和住慣了的，這兩年來的房間永別了。

——啊，東京，繁華的東京！世界四大都會之一的東京！十年來相親愛的東京！不到兩天，我就要和你作別了。

——榮子，可愛的榮子！請你恕我，恕我！恕我這薄情人。安慰了我十年來的飄浮的心兒啊，我眞感謝你！你昨天晚上對我的苦訴，我未始不知道。但是呵，我家鄉父親的來信，……

——榮子，親愛的榮子！我並不是不愛你，有你這樣的柔潔的戀人，眞是我無上的榮幸。但是，但是眞正來說，我眞眞不敢愛你，異邦的放浪人也値得你的愛嗎？事實上愛情雖是自私的，但是像我這樣人也該把愛情來歸於私有嗎？哦哦，我眞値不得你們的靑眼相看，我現在只願你把愛我的心，拿去愛你眞正可以做你情人的人。

現在旅費也早已匯來了，要買的東西也買了，要看的幾本書也都找到手了，學校的轉學書也都辦好了，只等大後天一到，就可以卽刻起身。但是他的感傷性，竟起了種種作用，把他神經弄得昏亂極了。

他踱出了房間，穿了下馱（日本木屐名）冒着薄弱的星光，毫無頭緒地踱了一回，他的脚尖就自然而然地，向平日煩悶時慣走的早稻田大學正門對面的咖啡店裏走去。一推開門，一種肉熏的臭味，即刻吻了神經過敏的露佚的鼻尖。秋子一看見了露佚，就急急地從裏面跑了出來。

——露佚先生！好幾天不見你來。聽說兩三天過就要回國，眞的嗎？

——哦，你聽什麼人說？

——昨天李先生到這裏呷咖啡，我問他有沒有碰到你，他說你要乘大後天的晚車到神戶上船，對不對？

——想這樣做，但是未確定。秋姑娘請你給我拿兩杯威士其來，順便還請你弄兩盆下酒的菜。

——噯噯！

露佚打發了秋子去拿酒了以後，把他的眼睛向四面的板壁天花板……細細地觀察了一會，又把他的眼睛移到在那裏倒酒的秋子的身上去了。他把她從頭至脚，仔細地打量了一下，閉了眼睛在他的腦海裏，又把她重新溫了一回。

——烏黑蓬鬆的頭髮，暈紅可愛的兩頰，粉白的頭頸，頸邊透出來的那種說不出來的香味。還有，還有！你看，她白玉般的兩肩，兩肩下面的曲線，腋下汗粉混攏來的肉香。柔嫩的乳尖，嬌細的腰身，及至微顫着的玉肌，和下部透出來的……那種香味。

露佚這樣幻想了一回，把頭靠在棹上，勉强去壓住了他戰顫的心兒。

——露佚先生，酒拿來了！還靠在那裏想些什麽？

被這一叫，把他嚇了一跳。他把頭抬起來，就聞見了一種脂粉的香味。

——呀，這宗香味，這宗日本女人特有的香味，今天恐怕是最後的領略了。再過一刻，我就再也不能重溫這種香味了。

露佚把他的鼻子，又轉過來連連嗅了好幾口香粉和肉混攏來的香氣，才能夠滿足了他這宗慾望。

* * * * *

呷了兩杯威士其，還吃了兩盆下酒的菜，把露佚弄得儘飽了。他想到今天晚上還和榮子有約，他就急急地會好帳跑了出來。被兩杯威士其的力，把他平日慘白的兩頰，起了一陣紅潮，他覺得好似被火燃着一樣的熱，受晚風迎面拍來，他感着一宗說不出來的快感。時間已是九點鐘多了，小石川的山坡上，祇有兩盞路燈，照着暗淡的街路。

露佚進了榮子的房門，就即刻聞見一種處女房裏特有的香味。 榮子大概正從外面剛才回來，穿了一件她平日到校時著的紫色制服，正在那裏整理東西。 被露佚的脚聲吃了一驚，急急地掉過頭來：

——啊喇！ 露佚先生！ 給你嚇死了，我看是什麼人！……我剛剛從你那邊回來，房東的伯母說你吃過夜飯不久就出去了。 你到了什麼地方？……哦，你呷了酒嗎？

被榮子這一問，露佚倒覺得對不起她的樣子。

平日露佚煩悶起來的時候，總一定到小酒店裏去呷酒。 呷了酒完全失了感覺的時候——這樣時候，當然他的感傷性也失了一時的作用——回到寓所裏痛哭了一陣，直等到酒氣漸漸地過了，感情也恢復了原狀的時候，他總跑到榮子的家裏去。 他祇一到了她的家裏，她就曉得他呷了酒了。

雖然他自己是覺得已經完全復了原狀，但是他酒後的興奮的情感，是怎樣也瞞不過自小和他作伴的精細的姑娘的。那樣的時候，她定是好像是他的姐姐一樣，用一種姐姐勸告她小弟弟的口調，一面安慰他的煩悶，一面勸告他不要這樣自暴自棄地胡亂呷酒，要保養身體的一套話。所以他今天又呷了這許多酒來找榮子，他曉得這是一種罪惡，他覺得自己好似是立在上帝面前作懺悔的罪人，他又覺得她是聖母馬利亞一樣莊嚴。他只向她默默地點了一點頭，竟說不出來一句好話。

——露伕先生！我叫你不要呷酒，呷酒對於身體眞眞有害。我隔壁的佐藤先生也是呷酒過度的緣故死了的呢！

——嗳！

——所以我叫你不要呷酒。醫生不是說你心臟弱嗎？你說煩悶不過，才去呷酒，有什麼煩悶不過的事體，你不能告訴我嗎？——你是我最可愛的人，你有什麼煩悶不過的事體，我總得想法子安慰你的。我……我呷酒的人頂不喜歡！……

——…………

——…………

這種好似親姐妹一樣的榮子對於他的情感，使流浪在異邦的一無親人的露佚起了無限的感謝。他想到只有一天多的工夫就要和他這可親的比他自己的親姐妹還要好的榮子分別，他的眼淚就忍不住奪眶而出了。

——啊喇，你哭什麼？……我說得太過了嗎？曖，露佚先生！不要哭了！我，我不過勸你少呷酒罷了。

——榮子竟完全把露佚哭的原因會錯意了。她好似把明天就要分別的事體完全忘記了的樣子。她握了露佚的左手，一邊用她的右手替露佚拭眼淚，一邊柔柔和和地說：

——噯，噯，露佚先生！不要動氣了！

——沒有的事！我不過想到我們明天要分別的事……

被露佚這句話，完全把榮子忘記了的悲情提醒了轉來。她現在不僅不能叫露佚不哭，就連她自己也禁不住靠在露佚背上流起眼淚來了。外面賣「支那餛飩」的叫喊聲由遠而近，由近而遠，大概夜已深了。

——如果做得到，我情願這樣死去，抱着榮子痛哭了一陣死去。

——啊啊，假使沒有我父親那封似威嚇似勸告的信來叫我定要回去，我是眞眞也不願意回去的。但是現在再也沒有法子了，我也只好硬着心腸和我十年來的情人暫別。我一到故鄉之後，隨便如何我總該設法早一天再來此地。

他心裏雖說這樣想，但是他的口中終於說不出一句好話來安慰他身邊啜泣的愛人。

夜半十二時過了，一個異邦的青年，踏着他自己很長很長的清瘦的黑影，向小石川的山坡下走去。他低着頭一步一步，他的脚步很沉重；使我們幾乎辨不出這是青年人的脚步的樣子。

他的眼眶裏滿溢着清淚，在暗淡的路燈光下反射起來成爲一種發光體。他纖弱的身體走下了山坡，向右首的大道上漸漸地渺小了。

* * * * *

從那天夜裏隔了兩天的上午，出發神戶直放上海的輪船的甲板上，立着幾個青年，就是露伕和他同行的幾個朋友了。

露佚看着漸漸向後退去的土地，和旋着渦卷的紺藍的洑流，使他十年來的生活的幻像，在他的腦海裏，更加濃厚起來了。

——十年來的生活，童年的回憶！

——啊啊，可愛的我的少年時代，荒蕪我這十年來的少年時代的可親愛的異邦之土喲！　別了，別了。

——天眞的愛人榮子喲！　十年來你給我的愛，我是永久也不會忘記。在這異邦裏，十年來的浮蕩生活，只有你是我的上帝，只有你是我的上帝！離別時的接吻，永遠在我的嘴唇間顫着顫着！　可憐的是舊禮教下的奴隸，可怕的是我眼光狹小的同鄉們。　國家有什麽，國家有什麽！　我們可以化爲海鷗飄飛！　啊，你看！　這紺藍的海水偉大的神秘，大自然的嬌養子！　牠們在着向我招手，哦哦，牠們在着向我招手，……

我來自東

他的眼淚忍不住滴下來了，前面展着一片汪洋，回顧後面的青山，漸漸地渺小模糊了。

——呵，十年來度過我飄浮生活的異土喲！ 別了，永別了！

露佚這樣叫了一聲，就急急地向船艙裏跑下去。 三等艙裏特有的臭味，把露佚弄得快要作嘔起來了。 他緊緊地閉了眼睛，想勉強睡下去，但是越是想勉強睡，越是不能夠睡了。

——我明媚可愛的故鄉呀，啊，我明媚可愛的故鄉！

——你看，那綠披滿了的山坡，花點綴着的田園，這樣的美景！ 啊啊，這不是你的故鄉嗎？ 羅裙隨風飄搖着的美麗的女郎！ 紅顏可愛的青年！ 他們都是你的同胞！ 他們都是你的同胞！

——你的慈母，正在望着你回去，你可愛的小弟弟，也正在望着他在異士的哥哥。美麗的山川，也望你這遊子回去。

——噢，異邦的漂泊者，不到兩天，就能和他的故鄉會面了。

一種甜蜜的幻像，把露佚的腦筋簡直弄得昏亂了。那種說不出來的快樂，使他身中一枝一枝的神經，都不住地戰慄起來了。他這時才覺着幾天來的疲倦，漸漸地起了作用。

露佚於這種空想和昏迷之中，把他兩天多的船中生活度過，第三天早晨他還正睡得有味的時候，他同行的朋友把他叫醒。

——露佚！還不起來，船已進吳淞口了。

吳淞口三個字，把他從夢中驚醒，抹抹眼睛，看看他傍邊的朋友們，都已經把鋪蓋打好了。只有一種急速而緊張的空氣，在船艙裏流瀉着。他穿好了皮靴，飛也似的向甲板上跑。早晨的清氣，掠過立在船面上的旅客們的面上。甲板上的幾個日本人，都呈出一種詫異的顏色，看着向後退去的岸上的青田，和海面上浮泛着的幾隻中國式的帆船。

——啊啊，你們悶在那小小的海島上的野心的島國民族喲！你看我們中國這美麗高超的風景，比你那狹小的海島，要勝得幾倍！

露佚好似得了全般的勝利一樣，這樣在口中唏嘘了一回，又走下了船艙，去整理他的行裝去了。

* * * * *

露佚到了上海的第二天早晨，絕早起來立在上海旅館的月台上，看看被偉大的沉默圍繞着的上海街市，追憶着昨夜所得的上海給他的那些瑣碎的印象，不覺深深地吐了一口氣。

——唉，永久期望着的祖國，竟是一片屠場。昨夜一夜的惡印象，弄得我的腦都昏了。 你不看五馬路的道傍逍遙着的，那些滿塗了一面的脂粉的「肉的玩具，」滿街上彷徨着的冷血的「肉屍」 呀呀，他們竟比日本那些肉麻的女人，淫氣的男人，還要淫靡得許多，可憐得許多！ 怪不得家鄉友人的來信說中國的社會，簡直不是人住的。 呀，我不該回來，我真不該回來，我真不該忍心辭了我十年來的好友，回到這樣地方來受苦！ 啊啊，現在我祇有一線的希望，就是我的故鄉。 上海雖然這樣壞，但是我的故鄉，我想是決決也不會至於這樣的。 但是，假使故鄉也到了這個地步。 呵，那我真不曉得什麼樣好？ 呀呀！……

露佚這樣亂想了一回，禁不住流起眼淚來了。 他向剛昇上來的朝陽，深深地吸了一口清氣。

——哦，那太陽昇上的東方，就是我可記念的日本，就是過了我十多年的少年生活的異邦！ 呀，東方！ 可親愛的東方！ 可紀念的東方！ 那裏有我親愛的榮子——啊，她怕也在着想我，她怕也在着想我！

露佚心中所憧憬的美麗的故鄉，差不多成爲泡影了。 在他的心中，滿佔着異土的依戀。

一九二四，五，七脫稿。

秦淮感舊　　木雁

柳翠梅妍第幾樓，陰陰涼意上瓊鈎。 牽牛憐我經年客；蠻蠻鏡人兩鬢秋。 波窈窕，月綢繆，石城艇子小淹留。 蘅臯一夕風如剪，殘蝶零蟬各自愁。——鷓鴣天

多米自東

夢

若迦

月光已放進房裏來，雪峯也睡了，我却仍魚目耿耿，今夜不睡也吧。離了輪船上岸來，就趁了電車；但電車經過北站，還想趁火車，讓他一直載我去虛無之鄉吧。在不知多少年以前，我在瓜藤下，曾做過一個美好的春的夢；但現今却飛去了，我知道終我生再不能入夢了。

——哥！我倆此刻是在何處？

——我們是在瓜地裏，你不見瓜葉靜睡在那兒嗎？

——呵！月光也撒上我底衣呢！月光也撒上我底衣呢！

——讓月光靜靜地映上你的衣罷，讓我倆底情愛也映在月光裏！

當這般的情景，有如面前白燭墨水瓶一般的明顯，開展在我底心上時，我就再不願說什麼了。我是愛過來的，但現在却只有淚在了。我從前有一個青年女人，夜夜將她底衣袂和我底衣袂並着坐在原野，但現在却只在記憶中有這般的情踪了。當好夢凋殘到如此時，我仍生存着，不殉夢而死，這我是忍痛而生存的了。是的！我願在苦獄裏活着，遠遠伴着我的妹！在夜的包藏下，你我將永遠糾結不解的，我是爲你而坐而食而睡了。

在普陀山海岸時，我因爲思念不能自已，在那苦黑的巖石上，我曾用指頭寫了一篇信。當那微雨海風吹人的時候，我背着海濤立着，含淚寫那給愛人的信；也許岩石上是無痕跡，我妹是不能見到他，但浪花已和淚濺到我底衫上了。

『我到山已三天，無時不想到你！你此刻正在做甚事呢？我們竟到了如此的結局，我想到就要哭了！我本想永遠住在小房內不再與人事，因爲願枯寂的生活內把我們的一切也枯寂下去；但想到到此離你更遠了，就也渡海登此了。我們最後會晤的一次，你說，你將日夜都記念到我；我如今想到出茶店而入酒店的我，死灰般坐在斗室中的我，乘風破浪來此的我，都是你所記念的，我立刻就奔跳了。我們是不會忘記那瓜藤，也永不會相忘的。

我初登岸，即想到你；我回頭向南一望，是只見落伽山橫在遠處。這當在你意中，我向落伽山灑淚了。前夜在普濟寺門口，看見自身的影子淡淡橫在地上時，我抬頭見到那鐮刀形的上弦月。「在上弦月照人時，你我各處一方而同哭吧！讓我們的哭聲是永遠連結在一處的！」妹！這不是你說的話嗎？我們當時就很急地擁抱着兩面的淚併在一處流了。這也當在你意中，前夜見到上弦月時，我就南向呼你的小名了；這也在我意中，我們的哭聲在昨夜是又連結在一處的。 呵！ 眞難堪的痛苦呀！

既不能在人間結合，又不能在虛無間結合，却是這般悲戚地分離着。妹，讓烏沉兎升的交代，任不起憂傷底重載，我們終有撤開一切走的一日；我們且忍痛長征吧！ 我總算有你，你總算有我了！

我午飯吃好就跑到此地來，現今已將四點鐘了。 來時只是灰淡的天，如今却疎雨來了。 此地是普陀山的東邊，巖石峭立，由石向北，是千步平坦的沙地。 浪頭打岸，終日不息。 浤湃洶瀉地爬上岩石來，又細細地退去；浪頭再來又再退去。 我坐在那宏偉狂熱的海浪前，我再也抑不住自己的悲傷了。 我躺在岩上，雙手掩上眼睛，逐幕地想起我們底夢來，也想到如今的夢後了。 在那茫茫大海的迷離中，我是經不起再燃燒的，我眞覺得我願毀滅了。

「你是有老母的，你是有未婚妻的，你應當生存的！」 妹！ 當我願絕滅時，想起你底話，於是一種悲酸遂貫上心頭，此時淚始全般地湧了。

海濤仍在打岸，但此時我再無勇氣了。 我本想做個僧人去，但想到母親却不去了，想到你却使我懺悔了！ 妹！ 這種愛的痛苦已使我僵了，我低微地向天風悲泣着，一面用指頭在岩石上這般的空虛的畫！ 來世是不可期望，此生却已矣哉，我們將永遠哭泣以弔唁自己。 讓黃土掩上你我時，我們也將不忘的！ 呵！ 最不堪回憶的，是從前那般月夜的夢太美麗了，太蒼青了，妹，我們將怎樣好？

在那雲天茫茫下，你長成吧！ 我將永遠是彳亍了。 寫至此止，我將歸去！」

囈語

平伯

（一）囈語之十九

——S去的時候——

圓的新裙啊，
粉地紫花的圓的新裙啊。
牠蹁躚拂着凌亂的書堆，
我頓然惆悵殺倚裝待發的忒匆匆了。
圓的新裙啊，
粉地紫花的圓的新裙啊，
搖曳着在夏夜湖上的輕飈裏。

西諺

我的心旌殆正如是地搖曳着啊。——

雖我明知這是太僭妄的比擬。

圓的新裙啊，

粉地紫花的圓的新裙啊。——

終於打着槳去了，

終於回過頭去了，

終於摺疊着那裙裾去了。

欲睡的青山們，

去睡罷，睡在月明中罷。

惟在我心田上往來着的潮熱，

即有入骨的涼颼，洞襟的涼月，

又何能平恬牠的萬一呢。
還好——夏夜快如流星的暫落。
我寧早早的就那骯髒的征途，
作那疲倦的征夫去，
在明天箭樣的來到的時候。

二四，七，一八。

（二） 囈語之二十

在猶珍藏於囊底，漸萎黃的茉莉花香裏，
由不得想念到從採者辛勤的玉手中，
給我們以——當別的前夜時——
伴着，且鈎引着那繾綣的。

　不免被棄擲，久萎絕的茉莉花，
殘香殆銷盡於三千里外的風塵中了。
辛勤和繾綣豈亦當作如是觀嗎？
唉！　脆且薄的心，我能奈何你？
你——不如也早些迸散了的好。

七、三。

相和歌

唐吳兢樂府古題要解於「相和歌」條云：
　「相和而歌，並漢世街陌謳謠之詞，絲竹更相和，執節者歌之。」
按，此酷類今之大鼓。唱大鼓者，旁坐一人彈三弦，而歌者一手執板點拍，一手執桂擊鼓以助聲氣。惟無管樂耳。（頡剛）

一封信

劉延陵

神聖的鳥兒。
人間理想的伴侶：
恕我這些無因而發的言語，
像飛絮一般來沾惹你的衣履。

我是一隻南飛的小鳥，
因爲在你暫時棲息的城裏，也曾暫時徬徨。
所以在落日秋風之裏，
就曾兩次看見你的翠羽明光。

一封信

神聖的鳥兒呀，
你不像鳳凰那樣冠冕堂皇；
但是，但是在我的心裏，
你終是我們的女王。

你也不像孔雀
有那套仙女的璀璨的衣裳；
但是，但是你那明月般的白潔
卻教我何時能忘？

你應記得，我曾在你們之前啁哳過一遭。
這雖是一支平凡的歌調；
但是流入了你的清潔的耳裏，
就好比女兒家到了所歡的懷裏——終身有靠。

而我也曾特地去看你歌舞。
你也應記得，
那時有許多姑娘花朶般聚着，
那是一個星期日的下午。

你的嘹院的聲音，

一封信

一封信

如黃鶯兒之響過行雲。
而素雅的粧束，
又好比披的白鶴的衣襟。

當時歷落的掌聲，如雹[illegible]與冰凋，
我則癡癡的像把魂靈兒失掉：
我前面是一座白玉的女神，
瑩潔的光彩鎮壓住了我的心竅！

我們的眼光幾次相對，
你也深深地看了我幾回。

惟有我的眼珠兒呀，那好比一雙姊妹星忽然失去了自轉，
吸住了，被日球的奇異的光輝。

當時你不過認識：
『這就是前朝到會的那個客人。』
而我則幾次迴環自問：
『究竟幾時才能當面稱呼你「密司」一聲？』

啊，我究竟將來能不能喚到你一聲密司
而和你話個短長？
但道路是這般漫漫：

一封信

一封信

我和你已經隔了長江！

但倘若竟有一日，
我能彀喚你一聲密司而話個短長，
我又不知在我的眼裏
這個世界將變成怎樣。

我也知道
你已經披過新娘的冰綃；
但是，這薄薄的一層紗兒
怎罩得我們生命的奧妙……

而且我誠虔地祈禱，
祈禱你鑒諒我的微忱：
我所希望的是朋友的玉手，
不是情人的甜蜜的櫻唇。

假設我是一隻南飛的燕子，
而現在正是杏花時節；
那末，我到了南方，
就將常寄些花瓣兒來祝你安逸。

一封信

但現在江北的秋光
正是一望金碧，
你能不能趁南來的鴻雁
先寄我一片紅葉？

江北的秋光
現在正是一望金碧，
你能不能趁南來的鴻雁
先寄我一片紅葉？

恕我不會把姓字明講。

但你一定知道我是誰人，如果你仔細思量。
而且尋尋我的馬跡，
更可知道我到了那方。

青天的印象是終古深深在海，
我所希望的紅葉究竟來與不來？
這個問題將令我寐寤難忘，
這個問題將令我永日徘徊。

我所一心要得的朋友，
現在讓我結束這封鄭重的書信。

一封信

我祝你：
康健如天河之水，
聰明如水晶之精。

尤其願你記取：
惟有流動的生命才有灩灩的光輝；
而上帝對於他的活潑的兒女
也始終惟有以笑容相對……

巡迴陳列館

劉延陵

火車之外是黑魆魆的，枯草之地，半冰之溪，天邊槎枒的寒樹，田裏紅牆的小寺與茅屋的人家，舉凡在日落之時還看得見的，現在都沉沒於黑暗之中。黑暗像空中的沉澱，厚厚的凝閉住地面；又像勦滅人間的兵馬正馳驅於空中，而這乃是他們騰駕的烏雲。一切都被牠侵襲，看得見的，祇有突兀的羣山迷惘如癡地立而靜觀；祇有沿路電線桿上的路燈，像逃避一般匆急地流過；祇有窗外一丈以內的田樹，照着窗裏的燈光，造成一條被迫臨陣而抖顫的白虹。但偉大的黑暗依舊壓住我們。牠像是無邊，我不知道牠一直下去瀰漫到哪裏，而現在所以這麼模樣，又不知道是我們陷入了永世無光的地獄，還是衆星一齊撞碎了太陽。

裏面呢，充實着乳白的霧氣，頂上是三顆電燈，昏昏地看住下面四長排凳上睡着的人。

臉黑而有油光的漢子，扁担倚在身旁，張着口而把頭倚在壁上。　黑衣冠而白帽結的男子，垂着頭，把下頷一直抵到襟上，唇上鬑鬑的短髭襯着清瘦而蒼白的面龐，更顯出悲哀的衣冠的權威。　北方的精壯少年，頭纏白布而膚色如銅，眼朦朧而頭歪在一邊，膝上則枕了一個乾瘦的病了的老婦。黃臉的農家婦人，解着衣襟讓嬰兒含住乳頭，而頭在仰在長凳背上沉沉地睡了。

他們都這樣俯着，仰着，歪着，倒着，昏昏地而睡。　在蹙着的眉峯與下垂的眼角裏殘留着勞苦底痕跡。　在黃瘦或蒼白的膚理間隱着疲乏之底悲哀。

全都是從被踐踏者的堆裏跑出來的；現在黑暗是暫時把戰場和殘虐

者遮斷而這裏就同時成爲陳列的房屋與逃難的處所。他們自然也就暫忍住創痛，把日間的擔負權放在長凳的下面，且圖一會兒的休憩了。一切都無知覺，祇有黃倦的電燈晭晭於上而我冥念於一角。一切不動不響祇有鐵輪底粗糙的聲音，而火車一喘一喘地，不知將把我們送到哪裏。

過鐵橋的時候火車更響而震動。頭歪在這邊的，被牠向上一動，無抵抗的送到了那邊。下頷壓在襟上的，被牠的顫動更送向下去，卽於夢中校正過來，仰到後面。蜷着的老婦發出一聲低弱而拖長的聲音，慢慢地轉身，未及轉就而已經睡去。嬰兒的嘴被摔了離開了乳頭，就張開口「呱」着想哭，母親於夢中把牠按了上去，牠就咽下已到喉邊的後半口哭聲，閉眼吮乳而不響。又有本來把頭仰在椅背上的，現在則移而枕於並坐者的肩上；又有兩個則肩與肩相倚着，頭與頭八字般相撐着，親暱的模樣，忘記了兩下是不相識的夥伴。

過了鐵橋，火車又回復了原來的步調；但是依舊躁急地直前，像前面還有無限長的路程。

哦！活動的陳列所，你將載我們巡迴於無端麼？但是你遊行於羣山之前而羣山默默，你示之萬家而萬家昏昏！不然，就是逃麼？但是慈悲而欠斟酌的火車，你又將馱我們從人間逃到哪裏？因爲夜天是有限的啊……

這樣吧：讓兩條鐵軌一直走上海邊的懸崖，而你在黑暗之中拚命地向前衝下。不然，就讓牠倆一直接到羣星中間，而你把我們送到那邊，讓上帝在星光閃爍中低下頭來，看看他的遺留在人間的被損害了的兒女……哦！『上帝啊，亞門……』

西湖的六月十八夜

平伯

我寫我的「中夏夜夢」罷。有些蹤跡是事後追尋，恍如夢寐，這是習見不鮮的；有些，簡直當前就是不多不少的一個夢，那更不用提什麼憶了。這兒所寫的正是佳例之一。

在杭州住着的，都該記着陰歷六月十八這一個節日罷。牠比什麼寒食，上巳，重九……都強，在西湖上可以看見。

杭州人士向來是那麼寒乞相的；（不要見氣，我不算例外。）惟有當六月十八的晚上，他們的發狂倒很像有點澈底的。（這是魯迅君讚美蚊子的說法。）這眞是佛力庇護——雖然那時班禪還沒有去。

說杭州是佛地，如其是有佛的話，我不否認牠配有這稱號。即此地所說的六月十八，其實也是個佛節日。觀世音菩薩的生日聽說在六月十九，這句話從來遠矣，是千眞萬確的了；而十八正是牠的前夜。三天竺和靈隱本來是江南的聖地，何況又恭逢這位「大慈大悲救苦救難觀世音菩薩」的芳誕，——又用靚麗的字樣了，死罪，死罪！——自然在進香者的心中，香燒得早便越恭敬，得福越多。這所謂「燒頭香」。他們默認以下的方式：得福的多少以燒香的早晚爲正比例。得福不嫌多，故燒香不怕早。一來二去，越提越早，反而晚了。（您說這多們費解，）於是便宜了六月十八的一夜。

僅此還不足詮明六月十八之所以形成爲節日，我們更得記住兩點：（一）中國人是富惰性的，（二）杭州拆城是最近的事，而且並不曾澈底拆掉。把這兩點連絡起來，我們便得到圓滿的解釋。

不知是誰的詩我忘懷了，只記得一句，每吟哦着以想像從前西子湖的光景。這是『三面雲山一面城。』現在打槳於湖上的，却永無緣拜識了。雲山是依然，但瀕湖女牆的影子那裏去了？我們凝視東方，在白日只是成列的市廛，在黃昏只是星星的燈火，雖亦不見得醜劣；但沒出息的我總會時常去默想有這麼一帶森嚴，曲折，頹敗的雉堞，倒印于湖水的紋奩裏。

從前既有城，即不能沒有城門。濱湖之門自南而北凡三：曰清波，曰湧金，曰錢塘，到了夜深，都要下鎖的。燒香客人們既要趕得早，且要越早越好，則不得不設法飛跨這三座門。他們的妙法不是爬城，不是學鷄叫，（這多們下作而且險！）只是隔夜趕出城。那時城外荒荒涼涼的，沒有湖濱聚英，更別提西湖飯店新新旅館之流了，於是只好作不夜之游，強顏與湖山結伴了。好在天氣既大熱，又是好月亮，不會得受罪的。至於放放荷燈這種把戲，都因為慣住城中的不甘清寂，才想出來的花頭，那裏真有什麼雅趣。杭州人有了西湖，乃老躲在城裏，必要被官府（關城門）佛菩薩（做生日）兩重逼迫着方始出來晃蕩這一夜；這真是寒乞相之至了。拆了城依舊如此，我看還是惰性難除罷，不見得是澈底發洩狂氣呢。

真獃了！游湖也要估定價值，算怎麼一回事！趕快收梢。我在杭州一住五年，却只過了一個六月十八夜；暑中往往他去，不是在美國就是在北京。記得有一年上，正當六月十八的早晨我動身北去的，瑩環他們却在那晚上討了一隻疲憊的划子，在湖中飄泛了半晌。據說那晚的船很破爛，游得也不暢快；但她既告我以游蹤，畢竟添我一番的悵惘。

去年住在俞樓，真是躬逢其盛。是時和H君一家還同住着。H君平日興致是極好的，他的兒女們更渴望着這佳節。年年住居城中，與湖山究不免隔膜；現在却移家湖上了。上一天先忙着到岳墳去定船。在平時泛月一度，約費杖頭資四五角，現在非三元不辦了。到十八下午，我們商量着去到城市買些零食，備嬉游時的咬嚼。我倆和一位叫YY的，還有一位叫L的兩小姐，背着夕陽，打槳悠悠然去。

歸途車上白沙隄，則流水般的車兒馬兒或先或後和我們同走。其時已黃昏了。呀，湖樓附近竟成一小小的市集。樓外樓高懸着眩目的石油燈，酒人已如蟻聚。小樓上下及樓前路畔，塡溢着喧譁和繁熱。夾道樹下的小攤兒們，啾啾唧唧在那邊做買賣。如是直接于公園，行人來往，曾無閒歇。偏西一望，從岳墳的燈火，瞥見人氣的浮涌，與此地一般無二。這和平素蕭蕭的綠楊，寂寂的明湖大相逕庭了。我不自覺的動了孩子的興奮。

飯很不得味的匆匆吃了，馬上就想坐船——但是不巧，來了一羣女客，須得儘先讓她們耍子兒；我們惟有落後了。 H君是好靜的，主張在西冷橋畔露坐憩息着，到月上了再去蕩槳。 我們只得答應着；而且我們也沒有船。大家感着輕微的失意。

西冷橋畔依然冷冷清清的。 我們坐了一會兒，聽遠處的簫鼓聲，人的語笑都迷蒙疏闊得很，頓遭逢一種淒寂，迴異我們先前所期待的了。 偶然有兩三盞浮漾在湖面的荷燈飄近我們，弟弟妹妹們便說燈來了。 我瞅着那伶俜搖擺的神氣，也實在可憐得很呢。 後來有日本仁丹的廣告船，一隊一隊，帶着成列的紅燈籠，沈塡的空大鼓，火龍般的在裏湖外湖間穿嬉着，似乎抖散了一堆寂寞。 但不久映入水心的紅意越宕越遠越淡，我們以沒有船趕牠們不上，更添許多無聊。——淡黃月已在東方涌起，天和水都微明了。我們的船尚在渺茫中。

月兒漸高了，大家終于坐不住，一個一個的陸續溜回兪樓去。H君因此不高興，也走回家。那邊倒還是熱鬧的。看見許多燈，許多人影子，竟有歸來之感；我一身盡是俗骨罷？嚼着方才親自買來的火腿，鹹得很，乏味乏味！幸而客人們不久散盡了，船兒重繫於柳下，時候不早，我們還得下湖去。我鼓舞起孩子的興致來：『我們去。我們快去罷！』

紅明的蓮花飄流于銀碧的夜波上，我們的划子追隨着牠們去。其實那時的荷燈已零零落落，無復方才的盛。放的燈眞不少，無奈搶燈的更多。他們把燈都從波心裏攖起來，擺在船上明晃晃地，方始躊躇滿志而去。到燭燼燈昏時，依然是條怪鶩脚的划子，而湖面上却非常寥落：這眞是殺風景。我們也搶了一兩盞的荷燈，但容易索然意盡。『搖罷，上三潭印月。』

西湖的畫舫不如秦淮河的美麗；只今宵一律妝點以溫明的燈飾，嘹喨

西湖的六月十八夜

的聲歌，在羣山互擁，孤月中天，上下瑩澈，四顧空靈的湖上，這樣的穿梭走動，也覺別具幸致，決不弱于她的姊妹們。 用老舊的比況，西湖的夏是「林下之風，」秦淮河的是「閨房之秀」 何況秦淮是夜夜如斯的；在西湖只是一年一度的美景良辰，風雨來時還不免虛度了。

公園馬頭上大船小船挨擠着。 岸上石油燈的蒼白芒角，把其他的燈姿和月色都逼得很黯淡了，我們不如別處去。 我們甫下船時，遙遠聽得這邊有一船上人正緩歌南呂懶畫眉，而等到我們船攏近來，早已歌闌人靜了，這也很覺悵然。 我們不如別處去。 船漸漸的向三潭印月划動了。

中宵月華的皎潔，照例是難于言說的。 湖心悄且冷；四岸浮動着的歌聲人語，燈火的微芒，合攏來却暈成一個繁熱的光圈圍裹着牠。 我們的心因此也不落於全寂，如平時夜泛的光景；只是伴着少一半的興奮，多一半的悵惘，軟軟地跳動着。燈影的歷亂，波痕的皺皺，雲氣的奔馳，船身的動盪……一切都和心象相溶合。柔滑是入夢的惟一象徵，故在當時會有typical的夢緣。

及至到了三潭印月，燈歌又爛縵起來，人反而倦了。停泊了一歇，繞這小洲而游，漸入荒寒境界；上面欹側的樹根，旁邊披離的宿草，三個圓尖石潭，一支禿筆樣的雷峯塔，尙同立於月明中。湖南沒有什麼燈，愈顯出波寒月白；我們的眼漸漸餳澀得抬不起來了，終于搖了回去。另一划船上奏着最流行的三六，柔曼的和音依依地送我們的歸船。記得從前H君有一斷句是『遙燈出樹明如柿，』我對了一句是『倦槳投波密過餳：』雖不是今宵的眼前事，移用却是正好。我們轉船，望燈火的叢中歸去。

夢中行走般的上了岸，H君夫婦回湖樓去，我們還戀戀於白沙隄上儘徘徊着。樓外樓仍然上下通明，酒人尚未散盡。路上行人三三五五，駱驛不絕。我們回頭再往公園方面走，覺着泊着的燈船少了一些，但也還有五六條。其中有一船掛着招帘，燈亦特別亮，是賣涼飲及吃食的，我們上去喝了些汽水。中艙端坐着一個華妝的女郎，雖然不見得美，我們乍見誤認她也是客人，後來不知從那兒領悟出是船上的活招牌，才恍然失笑，走了。

不論如何的疲倦無聊，總得拚到東方發白才返高樓尋夢去；我們誰都是這般期待的。奈事不從人願，H君夫婦不放心兒女們在湖上深更浪蕩，畢竟叫他們回去。頂小的一位L君臨去時只咕嚕着『今兒頑得眞不暢快！』但仍舊垂着頭踱回去了。只賸下我們，踽踽涼涼如何是了？環又是不耐夜涼的。我們一淘走罷！

他們都上重樓高臥去了。我倆同憑着疏朗的水泥欄，一桁樓廊滿載着月色，見方才賣涼飲的燈船復向湖心動了。 活招牌式的女人必定還支撑着倦眼端坐着呢，我倆同時作此想。 叮叮噹，叮叮冬，那船在西傾的圓月下響着。 遠了，漸漸聽不眞，一陣夜風過來，又是叮……噹，叮……冬。

一切都和我疏闊，連自己在明月中的影子看起來也朦朧得甚于烟霧。才想轉身去睡；不知怎的脚下躊躇了一步，於是箭逝的殘夢俄然頓住，雖然馬上又脫鏃般飛駛了。 這場怪短的「中夏夜夢」我事後至今不省得如何對牠。 牠究竟回過頭瞟了我一眼才走的，我那能怪牠。 喜歡牠嗎？ 不，一點不！

二五，四，十三，作于北京。

【附記】此文曾登於現代評論第三十四期；印成後覺得錯字太多，幾不便讀，所以特在此重錄。

平記。

西湖的六月十八夜

花瓣

馮三昧

如其自然的心是花朵，這從心裏飄拂下來的片也似的情思，便是我的花瓣了。

一

抽了捲煙，
眼追着吹噓出來的煙的蹤迹，
心的無聊呵！

二

Christmas 賀片中

尋不見『阿娟』的名字，
恐懼和疑念又交互的感到了。

三

走到門口而又折回的
記不清是三，是四次了？
可怕的伊的母親！

四

悄無聲的走到江邊，
想起家裏的老母，
又把心兒軟了。

五

花瓣

怎樣區別呢，我們和花朵？
時候到了
都要分散了。

六

狗也生疏了？ 還是勢利呢？
未到家門
便汪汪的狂叫。

七

等着不來
想是有事——或者不便罷？
但也希望只是有事，或者不便呵！

八

夜影隨着晚雲漸漸的下來，
這麼着——
可愛的故鄉不見了。

九

在都市中
給我清醒之力的
只侵晨悠揚的一聲鐘響。

十

在土場的一角裏
聞着靦肥的氣息，
花瓣

生疏了的坂田裏的故鄉又陡然的記起來了。

十一

許是爲愛人的緣故吧，——

瓦盆裏的

決鬥的蟋蟀？

十二

如果可以輕易地舍棄，

我就願舍棄了，

這樣的纏不出頭的病着的身軀！

十三

背着母親

偷覿着臉兒，
怕羞的晏起的新郎。

十四

說要分別了
便緊緊地握住了纖手，
覺來看時，原是自己的手呵！

十五

做了嗣子
總要娶妻的呵，
阿貓也罷，阿狗也罷。

十六

花瓣

聽說同年輩的朋友
都做了父親了，
他們終之幸福！

十七

稱作『妹』罷？ 還是什麼呢？
將信封了
而又拆開來看的心的遲疑。

十八

相並着和伊走過街頭的一角時，
不去看而也看到的
是人們的磷也似的眼光。

十九

幾個朋友都說我的衣領脫綻了；
我卻全不知道——
但是知道又怎麼呵？

二十

病得久了，
覆在身上的線毯
也覺得重了。

二十一

不知怎的？
睡時想着，坐時也想着呵——

花瓣

那舟中遇見的那人兒。

二十二

別時揮手的一聲『去罷！』
悲哀的倔强呵，

顧頡剛對于鬼劫的意見

我以爲必認事眞，然後生活有趣味。兒鬼劫中一節話，我總不以爲然。靈明要執着，癡愚要怨詛，歡歡喜喜要惆悵，哭哭啼啼要傷神；如此始有眞意，始可轟轟烈烈的做一場。

（見他給平伯的信中。并參看本刊一九二四年七月號第四三頁。）

自己墓上的徘徊

采

讀「微音」程本海君哭祖父詩，以篤厚之人，發爲悽愴之辭，彌足珍歎！程君旣復索余一言。余狂人也，雖蘊深哀，不能如程君之哀思切切動人；輒率己意草爲此篇，將思所以殺其悲云。

引起我懷疑而且驚異！
爲什麼老年人都愛踏上他自己預定的墳地？
在無限的宇宙裏，
獨戀着這數尺小坵上的一撮土。
哦

自己墓上的徘徊

我彷彿看見：

誰家的老公公攜着他的孫子，

他白髮飄飄映照着青青的樹；

他微弱而和平的呼吸，調節了太空的灝氣。

——他為了默契着這人生各各的歸宿地，

却不料留給了後人一種有力的暗示！

而且帶着一個永久悽愴的回憶？

青山

黃土

如果認得這便是它永久的主人，

也應該助我們少年人深深的嘆喟：

世界是否悲哀的?
人生是否糾纏?
死是否解脫?
也只有龍鍾的預言者立在山
正在心裏細細領會着,
領會着,
說不出的
也不肯說出的;
更不許我們少年人猜測半點消息。
朋友啊,
在那山上
自己墓上的徘徊

自己墓上的徘徊

我們永存着不幸的印象，
怎知不正是他們老年人融融洩洩的無限欣娛嗎？
你該記得：
他是怎麼立在那高丘上，
怡然微笑着，
浩歌長吟着，
徘徊瞻眺着，
他是何等盼待這人生永久冥漠的歸宿？
自己衰損後的筋骨
却不厭煩地日日到這裏巡視着，
他想仔細認識這四面預備擁抱他的水色山光，一草一木；

——在他未死以前，
先來玩賞留連這死的神味。
哦
我彷彿看見：
誰家老公公攜着他的孫子，
只有他對於這人生的究竟
有了充分的辯解；
他並預備下滿懷無聲的詩意，
都將悄默地帶向這幽秘的墓穴裏。
朋友，
你若再向那山頭涕泣獨步時，
自己墓上的徘徊

老公公已然長眠在地下了!
——這是何等酸鼻的呀?
但他却還能聽見你所想告訴他的一切言語
他只莞然:
『少年人原不能瞭解人生的眞義,
——究竟的歸宿,
但你們應該努力你們自己所有的路程!』
是啊,
他是不肯把別的消息告訴我們太早
也不願我們預先知道;
爲了顧全我們生之瞬間的陶醉,

他不願使我們感着絲毫生之愁苦與厭倦。
不錯，
我們確然離歸宿的時間還很遠，
用不着這未來的無益的虛慮；
我們眼前也還有我們該走的路。
讓他們老年人
徜徉在他的「覺路」去吧，
他們原該都是可敬可羨的達者啊！
哦
我彷彿看見：
誰家老公公攜着他的孫子，
自己墓上的徘徊

他蹣跚着從這墓道上邐迤走來;
現在,
這老公公已然長眠在自己親眼預定的地下了!
少年人啊,
他固然不願我們追爲他悲傷,
悲傷在他究有何益?
只可惜我們的天眞怕也同他一倂葬下去了!
這却是無可疑的,不幸的可悲的事實!
朋友,
宇宙和人生畢竟是一個悲涼的啞謎;
許多前輩留下我們各個都孤另另的陌生生的走在這冷淸淸浩漫

漫的同一條路上，
正有我們必須感受着和接觸在眼裏的現實，
我們又不能假意裝做曠達。
制不住的淫淫眼淚啊，
我也憶起了我的故鄉
那山頭日日徜徉的白髮的人，
他是怎樣也給過我的暗示？
——
我也是沒有了父親的人啊…………

一九二四，九，三一，

自己墓上的徘徊

【附述】 年前俞平伯君為「我們」創刊號，凡五徵拙著長詩「羸疾者之愛」，至緘札累萬言。僕詩雅不願傳露，必不得已第一次發表亦不欲假手他人。故堅不之許。其秋程本海君見貽「微音」，中載程君哭祖父詩，知余善感，遂索和。適余詩成，程君又亟謀刊諸「微音」。頗倍余初旨，亦未之許。——二事至今皆耿耿焉！頃俞君為「我們」第二期，懇懇重申前意，且云朱佩弦君正同致此忱；彼等固尚未知僕現已單行本自付梓將竣矣。既未能終秘，乃漫以和程君之詩續付「我們」；他日「微音」若欲複登，亦無不可。蓋僕自「羸疾者之愛」已一度以色相示人，此後老處女郎不妨放誕一變而為蕩婦矣！然苟非意所樂從，須防仍未可妄干也。一笑！十四年，四月二十三日瑣瑣自記如此。

三等车窗内
子恺
TK

舊詩新話

大白

（四）

清代梁紹壬兩般秋雨盦隨筆第二卷，載圈兒信一則：

有妓致書於所歡，開緘無一字：先畫一圈，次畫一套圈，次連畫數圈，次又畫一圈，次畫兩圈，次畫一圓圈，次畫半圈，末畫無數小圈。有好事者，題一詞於其上云：

相思欲寄從何寄？——
畫個圈兒替；
話在圈兒外，
心在圈兒裏。

舊詩新話

我密密加圈，
你須密密知儂意：
單圈兒是我，
雙圈兒是你；
整圈兒是團圓，
破圈兒是別離；
還有那說不盡的相思，
把一路圈兒圈到底！

無中生有，令人忍俊不禁。

近來從東方雜誌第廿一卷第六號上瞧見有馮式權君底北方的小曲一文，中引雜曲寄生草一支，才知兩般秋雨盦隨筆中題圈兒信一詞，是以此曲爲藍本的。原曲是——

欲寫情書——我可不識字；

煩個人兒——使不的；

無奈何畫個圈兒為表記。

此封書為有情人知此意：

單圈是奴家，

雙圈是你；

訴不盡的苦，

一溜圈兒圈下去——

一溜圈兒圈下去！

我們把這兩詞一比較，知道前者比後者更工穩，更縣密了。但是後者底却句『欲寫情書——我可不識字，煩個人兒——使不的，』却另有它底風趣；頗能委曲傳出不識字，不會寫信，而又情感迫切，不能不寫信的神情。並且，更可知道，『先畫一圈，次畫一套圈……』的一段故事，也是那位好事者妝點出來的。

（五）

一九二四年元旦，江陰周蒯直君，贈我一雙紅豆。隔了幾天，他又對我說：『此物是我故鄉鄉間所產。老樹一株，死而復蘇；現在存活的，只有半株。有時不結子，有時結子僅十餘粒或百餘粒不等。如將此豆作種別栽，又苦於不容易發生；即使發生了，也不容易長成；望它結子，更不知須等幾何年。所以此物頗不易得，實是珍品。』我想，從前六七歲時，讀唐代王維相思一絕句：

紅豆生南國，
春來發幾枝；
願君多采擷，
此物最相思。

早就知道了它底嘉名，和它底產地（雖然『南國』兩字是很儱侗的，）並且知道它是相思底象徵。大家試想，相思是多麼情韻緜邈，趣味深長的一椿儁事？是多麼情韻緜邈，趣味深長的一個儁名？那麼，象徵相思的紅豆，是多麼情韻緜邈，趣味深長的一件儁物？不值得我們悠然神往，渴欲一見嗎？讀了王維相思詩的我，悠然神往，渴欲一見地對着這儁物聞聲相思了許多年，微倖碰着周君，使我得跟這儁物由相思而相見；不但相見，而且因他多情的贈與，竟使我得『置之懷袖間』了：這是一樁多麼可感的事！ 於是我把它細細地把玩一下，覺得它顏色殷紅而微紫，形狀頗類心房；古人以它爲相思底象徵，大約不是無故。

象徵相思的紅豆是見了，對於紅豆的相思是慰了，可是我跟周君不久就相別了。 別了差不多一月，因爲常常把紅豆把玩，打動了覩物懷人的相思，就做了三首雙紅豆：

歲朝初，
一封書，
珍重緘將兩粒珠，
嘉名紅豆呼。

* * * * *

樹全枯，
卻重蘇，
生怕相思種子無，
天敎留半株。——其一

望江南，
樹彫殘，
莫作尋常老樹看，
相思憑此傳。

* * * *

體微圓，

舊詩新話

色微殷，
星影霞光耀晚天，
離離紅可憐。——其二

豆一雙，
人一雙，
紅豆雙雙貯錦囊，
故人天一方。

* * * * *

似心房，
嘗心房，

偎着心房密密藏，
莫教離恨長！——其三

後來把這三首雙紅豆寄給周君，而且問他這一株紅豆底歷史怎樣，樹底榦枝花葉怎樣，豆莢怎樣。他從川沙回信說『樹底歷史和形狀，載在江陰縣志，等回到故里時鈔給你看，』又附了一粒帶着豆莢的紅豆來；於是我更得跟它底豆莢相見了。可是直到如今，江陰縣志中的紅豆史，周君還不曾給我鈔來；而我希望知道些紅豆故實的私衷，卻一天渴似一天。周君方面的紅豆史，既一時未能慰我的渴望，我只能從故紙堆中去找些關於紅豆的鱗爪，來權過一過癮了。下面所引的幾則紅豆故實，是近來所找到的。

紅豆本名相思子；其葉如槐，莢如豆，子夏熟，珊瑚色，大若芡肉，微扁。其可以飼鸚鵡者，乃蔬屬；藤蔓子細如菉豆，而朱裳黑緣，其結實甚繁，乃籬落間物，無足貴也。其木本者，樹大數圍，結子肥碩可玩。萬紅友（名樹，清初陽羨人）有詞云：

拂砌輕陰，
垂檐絳莢，
暖風薰坼；
串翦珊珠，
掙掙點苔石。
鸚哥啄雨，
銜不去詰多香粒（唐代宗時，日林國獻紅豆，大而有光，名詰多珠；）
珍惜，

誰喚小梅，
僭紅兒名色？

又有賦云：

其蔭也如槐之敷；其結也如豆之腴；其莢維絳；其實則朱；其色煒煒然如屑南海之珊瑚；其質磊磊然如探合浦之明珠：若是物者，即爲之奩璘瑄，柈車渠，聯以冰蠶之縷，而綴諸翠鳳之襦，不亦宜乎！

又曰：

爰有扶桑小墅，刺桐別院，黎女青鬟，蠻姑素面，挹深翠於林間，撿輕紅於城畔；莞榴粒之羞圓，嘅茨肥之褕茜；泥火齊而光攙，勻靺鞨而顏亂；訝丹砂其九還，擬琥珠之一串；戲藏鬮而賭勝，褰鮫綃而持薦；偶玫釧之誤觸，隨杳靄而不見：豈徒蓄豔於香閨？實足襲珍乎玉案。

又，紅豆花，形似蓮而小，色白，中有紅心一縷。汪碧巢詩：

冰潔花叢豔小蓮，

紅心一縷更嫣然。

王摩詰詩：

紅豆生南國，

……

此物最相思。

按相思子朱墨相衜，豆大瑩色。山村兒女，或以飾首，婉如珠翠，收之二三年不壞。相傳有女子望其夫於樹下，淚落染樹，結爲子，遂以名樹云。

——屈大均廣東新語木語——

因此，我們可以知道紅豆本是廣東的產物；王維所謂『南國』大約就指廣東而言，而江南不過是它底流寓地。屈氏廣東人，所以他底記載，比較詳確。從他底記載裏，紅豆底樹葉花莢等性狀，可以略見一斑。並且，更得知道關於象徵相思的一點，在廣東方面，有思婦望夫，淚落染樹，結而為子的傳說。這傳說底神秘，頗跟關於秋海棠的傳說相類似。

紅豆本名相思子；其樹之葉如槐。盛夏子熟，破莢而出，色勝珊瑚；粵中閨閣，多雜珠翠以飾首，經年不壞。相傳有怨婦望夫樹下，血淚染枝，旋結為子，斯名所由昉也。維揚吳園次為吳興太守，有詞云：

把酒祝東風，
種出雙紅豆。

叢詩新話

梁溪顧氏女見而悅之，日夕諷詠，四壁皆書二語，時因目園茨爲紅豆詞人。

——鈕銹觚賸粵觚相思子——

此則記紅豆性狀和傳說，跟廣東新語大致相同而較略，大約卽以屈氏所記爲藍本。但附記梁溪女子因讀名句而戀慕紅豆詞人的事，卻是一段很有興味的詞壇佳話。

溫庭筠詩：

玲瓏骰子安紅豆，

入骨相思知也無？

徐興公云：『嶺南國中有相思木；歲久結子，色紅如大豆，故名相思子。每一樹，結子數斛，非卽紅豆也。』 客云：『相思豆有雌雄，合置醯中，輒相就。』一客云：『豆安有雌雄？以磁石養一，以鐵屑養一，偽置水中，亦自相就，不必醯也。』余笑謂豆無雌雄則已；脫有之，則必當置醯中。醯中之豆，亦必雌先就雄。

——周亮工因樹屋書影——

說紅豆有雌雄，說把它們放在醋裏自然相就，關於象徵相思的原因，另換了一種神祕的解釋，也是別有風味。

吳門東禪寺白鴿禪師偶拾紅豆，種之寺內，指而祝曰，『汝宜速長；但他日不許無故開花！世變有大小，則花開有疏密。』今其樹已數圍。人所見者，崇禎九年小開，十七年大開，隨遘國變。順治十六年小開，有鎮江之擾；康熙十二年復開，是冬滇黔寇作。花色如梓，莢小於槐角；霜後莢落，其子深紅可愛。

——鈕銹觚賸吳觚白鴿紅豆——

不幸得很，這一株被怪和尚所手植的紅豆，竟脫離了相思底象徵，由情韻緜邈，趣味深長的俊物，變爲神秘的不祥之物了，眞是寃枉得很！這大約因爲和尚是不懂得相思的緣故吧。但是我們因此知道流寓江南的紅豆，不止江陰的一株。不知現在吳門東禪寺中，還有這被栽誣的不祥之物生存着沒有？如果還生存着，我倒要祝它速死。我底用意，當然不是因爲它能使我們不祥，所以希望它斷絕不祥的根株。試想，好好的象徵相思的俊物，不幸被人家栽誣，指爲不祥之物，倒不如速速離去這被栽誣的網羅，再去往生南國，以祓除自身底不祥。紅豆呵！你本是兒女纏緜的象徵，哪里管得那些風雲擾攘的世變呢？

（十八）

相傳宋代有一個張打油，是後來打油詩派底開祖。但是他那被稱爲打油體的詠雪詩：

宇宙一儱侗，
古井黑窟籠；
黃狗身上白，
白狗身上腫。

第一句描寫得何等壯闊而得神！第二句從大處收到小處，正是從小處託出大處。四顧茫茫，一白無際，只剩得古井是一個黑窟籠，越見得宇宙底一儱侗了。第三句雖只平常；但是第四句一個腫字，卻下得絕妙。從這一個腫字，襯出上句黃狗身上的白，是腫的白；而本句白狗身上的腫，是白的腫：眞能活畫出滿身是雪的兩條狗來！這樣的描寫手段，實是可佩可驚；恐怕諸大家底詠雪詩，都做不到這樣吧！

（七）

詞譜曲譜，本來都有律呂譜（即工尺譜）和抑揚譜（即平仄譜）兩種。律呂譜所以便樂工底歌唱，抑揚譜所以便詩人底製作。但是樂工歌唱的時候也應該懂得抑揚；詩人製作的時候，也應該懂得律呂：所以一譜之中，實在應該兩者並列，不可偏缺。現在流行的曲譜或只注抑揚，不注律呂或只注律呂，不注抑揚：都犯着偏缺的弊病。至於詞譜，更是只有抑揚而沒有律呂了。一般論詞的人，大抵都以爲詞底律呂譜，明清以來，早已完全亡失，不可復考，只能『斤斤於句讀之末，瑣瑣於平仄之徵（見萬樹詞律自序）」——其實詞本爲可以歌唱的樂府詩篇；如果不跟律呂相配合，不過是律體的長短句罷了。

有些詞家，明明不諳律呂，卻還把他底所作，稱爲樂府，未免名實不符。

近來從坊間購得碎金詞譜六卷，後附碎金詞一卷，是一部律呂抑揚兩者並列的詞譜，爲清代道光年間松滋謝元淮（默卿）所撰。碎金詞譜中計第一卷仙呂宮詞三闋，曲一隻，仙呂調詞六闋，曲一隻，中呂宮詞二十二闋，曲二隻，中呂調詞二闋；第二卷大石調詞十七闋，曲一隻，越調詞九闋；第三卷正宮詞五闋，高宮詞一闋，小石調詞三十二闋，小石角詞七闋；第四卷高大石調詞十八闋，曲一隻，高大石角詞三闋，南呂宮詞四闋；第五卷商調詞九闋，商角詞一闋，曲一隻，雙調詞三闋，雙角詞一闋；第六卷黃鐘宮詞十四闋，曲一隻，羽調詞二十闋；附錄仙呂調詞一闋，大石調詞一闋，大石角詞一闋，曲二隻；共六宮十三調詞一百八十闋，曲十隻。

碎金詞中計浪淘沙令等

詞二十七闋。各詞都左注平仄，右注工尺，並附有板眼，是根據九宮大成譜中所存的唐宋元人詞底律呂譜的，可見詞底律呂譜，不曾全亡了。碎金詞中各詞所用各字底四聲，都按照碎金詞譜中各闋原詞各字底四聲；而首兩闋浪淘沙令和賀聖朝，更連陰陽平也都一一分別照塡，眞可謂苦心經營之作！

碎金詞譜卷首有謝氏自序和鄱陽陳方海後序各一篇，凡例二十一則；碎金詞卷首有趙函序一篇。據謝氏自序說：

嘗讀九宮大成譜，見唐宋元人詞一百七十餘闋，分隸於各宮調下，每思摘錄一帙，自爲科程；繼睹雲閒許穆堂侍御自怡軒詞譜，則久已錄出，可謂先獲我心矣！於是謹遵欽定詞譜，考訂互證，凡句讀之有不同者，悉爲補入。每字之旁，左列四聲，右具工尺，俾覽者一目瞭然。

四聲既準，則工尺無訛；卽平素不習音律，依譜塡字，便可被之管絃，傖父之譏，庶其免矣！

陳氏後序說：

先生以爲『今之詞曲，古之樂府。宋元以來，詞家未必盡諧律呂；然淸眞白石諸公，具昭軌式，餘人互有乖合，塡詞必當從其合者。』先生所爲海天秋角詞集，塡某詞卽專從一人之詞爲定體，平仄毫不容舛；謹嚴如是詞，則烏有不合者乎？ 玆譜之作，蓋因雲閒許侍御摘錄九宮大成譜中詞若干首，詞皆分隸各宮調下，便爲科程；先生復遵欽定詞譜詳證補誤，每字左列四聲，右列工尺，法無可移。 幷以此例自爲詞若干首，則四聲一字不苟，視海天集謹嚴加倍，而又情辭穩洽，妙出天然，得不謂之至難也乎！

飛詩新話

凡例第十九條說：

按譜塡字，如一詞數體者，只可專從一人之詞爲定體，逐字逐句，照譜塡入。　縱不能四聲俱講，而平仄斷不容舛，上去不可互替，句讀句法，均宜遵守；不得因圖譜所列圖式有可平可仄之注，遂任意雜塡，轉致不成音調。

又第二十一條說：

是譜之刋，專爲率爾操觚，不諳宮調，不遵律呂者導以軌則。　然一一過於拘泥，未免膠柱鼓瑟之譏；且恐學者視倚聲爲畏途。　果有淸詞麗句，妙合自然，亦不妨略事通融。　惟每調必須專從一人之詞爲定體；四聲縱難並講，而平仄句讀，斷不容稍有遊移：此則爲不易之格，覽者諒之！

謝氏從九宮大成譜中摘錄這僅存的一百八十闋古詞底舊律呂譜加以訂補，使它流布世間，打破歷來『詞底律呂譜完全亡失』的瞎說，這種抱殘守闕之功，是不可沒的。 然而我們所以要知道詞底律呂譜，不單是要做拘泥的遵譜工夫，還希望要做那變通的製譜工夫。 試看曲底律呂譜，往往有宮調相同，曲牌名相同，而旁注工尺，截然不同的，這就是依詞製譜的結果。 因爲每一曲牌，雖然有一定的腔格，而每曲所塡的詞，只能使平仄相同，不能使四聲清濁陰陽，完全一律；所以塡詞者只依每曲底腔格塡詞，只須求平仄無誤，不必顧及陰陽平和上去入底分別，而別由製譜者依着他詞中所塡各字底陰陽平和上去入以酌定工尺。 雖然製譜者酌定工尺時，也須依本牌底宮調腔格，加以斟酌，不能完全自由；而工尺底變通，却是可能的而且當然的事。 曲既如此，詞也應該如此。 如果塡詞者只知一味膠柱鼓瑟地墨守成規，遵着舊詞底陰陽平和上去入，一絲不苟地一一照塡，雖然於舊有律呂不致有不諧的弊病，確是難能可貴；然而塡詞之道，也未免太苦了！　所以近人吳梅氏底顧曲麈談說『與其詞去就譜，何如譜去就詞之爲愈。』　謝氏自作碎金詞以及他底自序和凡例中的持論，正是實行詞去就譜的一種方法。照他這樣墨守成規的辦法，不但使塡詞者受極嚴的桎梏，難免望而却步；而且我敢必這一百八十闋古詞底舊律呂譜，雖然保存了，但也只能做到保存而已，不能有變而通之，製成新譜的希望，更不能有從這一百八十闋古詞底律呂譜觸類旁通而製成別種舊詞牌底新律呂譜，或另創新詞牌而製成新律呂譜的希望。　所以我們一面對於他底抱殘守闕之功，和那種句斟字酌的精神，固然應該深深地表示我們底敬意；但是終覺得有所不滿。　我們很希望現在懂得音樂而能製譜的人，能從這一百八十闋古詞底舊律呂譜，觸類旁通而給其餘的舊詞牌製成新律呂譜，或和塡詞者合作，另創新詞牌，而製成新律呂譜；那麼，不但抱殘守闕，而且繼往開來，在中國詞學上裨益非淺了。

原書自序作於道光癸卯，陳趙兩序都作於道光甲辰，此書大約就是道光甲辰或甲辰以後所刻。出版以來，至今不過八十年，而坊間已成希有之物。偶有一部落於書賈之手，便居爲奇貨。一九二五年三月，友人王新甫君告訴我，他底戚串趙尊嶽（叔雍）君，曾從杭縣某書肆以重金購得一部；我便要求他介紹到趙君處一看。王君雖已經允作介紹，而我因爲忙的緣故，還不曾定期前去。不久，王君又來說，『得趙君底指示，知道上海某書肆有此書一部出售，索價較廉於趙君所購者十分之七。』於是我就急去購得，書價又照原索之價減去六分之一；然而這在寒酸的我，已經可算是以連城易拱璧了。　此書以紅黑兩色套板印成，旁注的四聲和工尺，都用紅色。可惜板眼記號，不免有漫漶處；閉口音記號，有應加不加或誤加處；而誤字也頗不少：這些都是有待於校訂的。

絕句四首

聽盡寒更懶獨眠，竹支低按缺瓜船。　無人肯共江邊戲，剪個羅圈賽月圓。——佚名

山川清絕筆邊傳，相約明時共莞然。　願待明年種蓮子，萬花裝滿畫中船。——佚名

明窗淨几最堪娛，數尺珊瑚徑寸珠。　我自看花花看我，日長風靜影扶疎。——佚名

郎載珍珠船，妾撒珊瑚網；珍珠入水沉，珊瑚出水長。——佚名

憶跋

佩弦

小燕子其實也無所愛，
只是沈浸在朦朧而飄忽的夏夜夢裏吧了。
——憶第三十五首——

人生若眞如一場大夢，這個夢倒也很有趣的。在這個大夢裏，一定還有長長短短，深深淺淺，肥肥瘦瘦，甜甜苦苦，無數無數的小夢。有些已經隨着日影飛去；有些還遠着哩。飛去的夢便是飛去的生命，所以常常留下十二分的惋惜，在人們的心裏。人們往往從「現在的夢」裏走出，追尋舊夢的踪跡，正如追尋舊日的戀人一樣；他越過了千重山，萬重水，一直的追尋去。這便是「憶的路」。「憶的路」是愈過愈廣闊的，是愈過愈平坦的；曲曲折折的路旁，隱現着幾多的驛站，是行客們休止的地方。最後的驛站，在白板上寫着朱紅的大字：「兒時。」這便是「憶的路」的起點，平伯君所徘徊而不忍去的了。

飛去的夢因爲飛去的緣故，一例是甜蜜蜜但又酸溜溜的。這便合成了別一種滋味，就是所謂惆悵了。而「兒時的夢」和現在差了一世界，那醞釀着的惆悵的味兒，更其肥腴得可以，直膩得人沒法兒！您想那顆一絲不掛却又愛着一切的童心，眼見得在那隱約的朝霧裏，憑您怎樣招着您的手兒，總是不回到腔子裏來；這是多麼「缺」呢？於是平伯君覺着悶的慌，便老老實實的，像春日的輕風在綠樹間微語一般，低低的，密密的將他的可憶而不可捉的「兒時」訴給您了。他雖然不能長住在那「兒時」裏，但若能多招呼幾個伴侶去徘徊幾番，也可略減他的空虛之感，那惆悵的味兒，便不至老在他的舌本上膩着了。 這是他的聊以解嘲的法門，我們都多少能默喻的。

在朦朧的他兒時的夢裏，有像紅蠟燭的光一跳一跳的，便是愛。 他愛故事講得好的姊姊，他愛唱沙軟而重的眠歌的乳母，他愛流蘇帽兒的她。 他也愛翠竹叢裏一萬的金點子和小枕頭邊一雙小紅橘子；也愛紅綠色的蠟淚和爸爸的頂大的斗篷；也愛翦啊，翦啊，的燕子和躲在楊柳裏的月亮……他有着純真的，爛漫的心；凡和他接觸的，他都與他們諗熟，親密——他一例的擁抱了他們。 所以他是自然（人也在內）的真朋友！【二】

他所愛的還有一件，也得給您提明的，便是黃昏與夜。 他說他將像小燕子一樣，沈浸在夏夜夢裏，便是分明的自白。 在他的「憶的路」上，在他的「兒時」裏，滿布着黃昏與夜的顏色。 夏夜是銀白色的，帶着梔子花兒的香；秋夜是鐵灰色的，有青色的油盞火的微芒；春夜最熱鬧的是上燈節，有各色燈的輝煌，小燭的搖蕩；冬夜是數除夕了，紅的，綠的，淡黃的顏色，便是年的衣裳。　在這些夜裏，他那生活的模樣兒啊，短短兒的身材，肥肥兒的個兒，甜甜兒的面孔，有着淺淺的笑渦；這就是他的夢，也正是多麼可愛的一個孩子！　至於那黃昏，都籠罩着銀紅衫兒，流蘇帽兒的她的朦朧影，自然也是可愛的！——但是，他爲甚麼愛夜呢？　聰明的您得問了。　我說夜是渾融的夜是神秘的，夜張開了她無長不長的兩臂，擁抱着所有的所有的，但您却瞅不着她的面目，摸不着她的下巴；這便因可驚而覺着十三分的可愛。　堂堂的白日，界畫分明的白日，分割了愛的白日，豈能如她的繫着孩子的心呢？　夜之國，夢之國，正是孩子的國呀，正是那時的平伯君的國呀！

平伯君說他的憶中所有的即使是薄薄的影，只要牠們歷歷而可畫，他便搖動了那風魔了的眷念。　他說「歷歷而可畫」，原是一句綺語；誰知後來眞有爲他「歷歷畫出」的子愷君呢？　他說「薄薄的影」自是撝謙的話；但這一個「影」字却是以實道實確切可靠的。　子愷君便在影子上着了顏色——若根據平伯君的話推演起來，子愷君可說是厚其所薄了。　影子上着了顏色，確乎格外分明——我們不但能用我們的心眼看見平伯君的夢，更能用我們的肉眼看見那些夢，於是更搖動了平伯君以外的我們的風魔了的眷念了。　而夢的顏色加添了夢的滋味；便是平伯君自己，因這一畫啊，只怕也要重落到那悶人的，膩膩的惆悵之中而難以自解了！　至於我，我呢，在這雙美之前，只能重複我的那句老話：「我的光榮啊，我若有光榮啊！」

我的兒時現在眞秪賸了「薄薄的影」。　我的「憶的路」幾乎是直如矢的；像被大水洗了一般，寂寞到可驚的程度！　這大約因爲我的兒時實在太單調了；沙漠般展伸着，自然沒有我的「依戀」迴翔的餘地了。 平伯君有他的好時光，而以不能重行占領為恨；我是幷沒有好時光，說不上占領，我的空虛之感是兩重的！ 但人生畢竟是可以相通的；平伯君訴給我們他的「兒時，」子愷君又畫出了牠的輪廓，我們深深領受的時候，就當是我們自己所有的好了。 「你的就是我的，我的就是你的，」豈止「慰情聊勝無」呢？ 培根說，「讀書使人充實；」在另一意義上，您容我說吧，這本小小的書確已使我充實了！

【一】此節和下節中的形容語，多從作者原詩中剩取；一一加起引號，覺着繁瑣，所以在此總說一句。

一九二四，八，一七，溫州。

「山野掇拾」

佩弦

我最愛讀游記。現在是初夏了；在游記裏却可以看見爛漫的春花，舞秋風的落葉……——都是我惦記着，盼望着的！這兒是白馬湖；讀游記的時候，我却能到神聖莊嚴的羅馬城，純樸幽靜的Loisieux村——都是我羨慕着，想像着的！游記裏滿是夢：「後夢趕走了前夢，前夢又趕走了大前夢，」這樣地來了又去，來了又去；像樹梢的新月，像山後的晚霞，像田間的螢火，像水上的簫聲，像隔座的茶香，像記憶中的少女，這種種都是夢。我在中學時，便讀了康更甡的歐洲十一國游記，——實在只有（？）意大利游記——當時做了許多好夢；邦渒古城最是我低徊留戀而不忍去的！那時柳子厚的山水諸記，也常常引我入勝。後來得見洛陽伽藍記，記諸寺的繁華壯麗，令我神往；又得見水經注，所記奇山異水，或令我驚心動魄，或讓我游目騁懷。（我所謂「游記，」意義較通用者稍廣，故將後兩種也算在內。）這些或記風土人情，或記山川勝跡，或記「美好的昔日，」或記美好的今天，都有或濃或淡的彩色，或工或潑的風致。而我近來讀山野掇拾，和這些又是不同：在這本書裏，寫着的只是「大陸的一角，」「法國的一區，」【】並非特著的勝地，膾炙人口的名所；所以一空依傍，所有的好處都只是作者自己的發見！前舉幾種中只有柳子厚的諸作也是如此寫出的；但柳氏僅記風物，此書却兼記文化——如Vicard序中所言。所謂「文化，」也並非在我們平日意想中的龐然巨物，只是人情之美；而書中寫Loisieux村的文化實較風物為更多：這又有以異乎人。而書中寫Loisieux村的文化，實在也非寫Loisieux村的文化，只是作者孫福熙先生暗暗地巧巧地告訴我們他的哲學，他的人生哲學。所以寫的是「法國的一區，」寫的也就是他自己！他自己說得好：

我本想儘量掇拾山野風味的，不知不覺的掇拾了許多掇拾者自己。（原書二六一頁。）

但可愛的正是這個「自己，」可貴的也正是這個「自己！」

【二】序中語。

孫先生自己說這本書是記述「人類的大生命分配於他的式樣」的我們且來看看他的生命究竟是什麼式樣？世界上原有兩種人：一種是大刀闊斧的人，一種是細鍼密綫的人。前一種人眞是一把「刀，」一把斬亂麻的快刀！什麼糾紛，什麼葛籐，到了他手裏，都是一刀兩斷！——正眼也不去瞧，不用說靠他理紛解結了！他行事只看準幾條大幹，其餘的萬千枝葉，都一掃個精光；所謂「擒賊必擒王」也所謂「以不了了之！」英雄豪傑是如此辦法：他們所圖遠大，是不屑也無暇顧念那些瑣細的節目！蠢漢笨伯也是如此辦法，他們却只圖省事！他們的思力不足，不足剖析入微，鞭辟入裏；如兩個小兒爭鬧，做父親的更不思索，便照例每人給一個耳光！這眞是「不亦快哉！」但你我若既不能爲英雄豪傑，又不甘做蠢漢笨伯，便自然而然只能企圖做後一種人。這種人凡事要問底細；「打破沙缸問到底！還要問沙缸從那裏起？」【二】他們於一言一動之微，一沙一石之細，都不輕輕放過！從前人將桃核雕成一隻船，船上有蘇東坡，黃魯直，佛印等；或於元旦在一粒芝蔴上寫「天下太平」四字，以驗目力：便是這種癖氣的一面。他們不注重一千一萬，而注意一毫一厘；他們覺得這一毫一厘便是那一千一萬的具體而微——只要將這一毫一厘看得透徹，正和照相的放大一樣，其餘也可想見了。 他們所以於每事每物，必要拆開來看，拆穿來看；無論錙銖之別，淄澠之辨，總要看出而後已，正如顯微鏡一樣。 這樣可以辨出許多新異的滋味，乃是他們獨得的秘密！ 總之，他們對於怎樣微渺的事物，都覺出驚；而常人則熟視無覩！ 故他們是常人而又有以異乎常人。 這兩種人——孫先生，畫家，若容我用中國畫來比，我將說前者是「潑筆，」後者是「工筆。」 孫先生自己是「工筆，」是後一種人。 他的朋友號他爲「細磨細琢的春台，」眞不錯，他的全部都在這兒了！ 他紀念他的姑母和父親，他說他們以細磨細琢的工夫傳授給他，然而他遠不如他們了。 從他的父親那裏，他「知道一句話中，除字面上的意思之外，還有別的話在這裏邊，只聽字面，還遠不能聽懂說話者的意思哩。」【二】 這本書的長處，也就在「別的話」這一點；乍看豈不是淡淡的？ 緩緩咀嚼一番，便會有濃密的滋味從口角流出！ 你若看過瀼瀼的朝露，皺皺的水波，茫茫的冷月，薄薄的女衫，你若吃過上好的皮絲，鮮嫩的毛筍，新製的龍井茶：你一定懂得我的話。

【一】係我們的土話。

【二】原書一七一頁。

我最覺得有味的是孫先生的機智。 孫先生收藏的本領眞好！ 他收藏着怎樣多的雖微末却珍異的材料，就如慈母收藏果餌一樣；偶然拈出一兩件來，令人驚異他的富有！ 其實東西本不稀奇，經他一收拾，便覺不凡了。他於人們忽略的地方，加倍地描寫，使你於平常身歷之境，也會有驚異之感。他的選擇的工夫又高明！ 那分析的描寫與精彩的對話，足以顯出他敏銳的觀察力。 所以他的書既富於自己的個性，一面也富於他人的個性，無怪乎他自己也會覺得他的富有了。 他的分析的描寫含有論理的美，就是精嚴與圓密；像一個紮縛停當的少年武士，英姿颯爽而又嫵媚可人！又像醫生用的小解剖刀，銀光一閃，骨肉判然！你或者覺得太瑣屑了，太膩煩了；但這不是膩煩和瑣屑，這乃是悠閑（Idle）。悠閑也是人生的一面，其必要正和不悠閑一樣！他的對話的精彩，也正在悠閑這一面！這才眞是Loisieux村人的話，因爲眞的鄉村生活是悠閑的。他在這些對話中，介紹我們面晤一個個活潑潑的Loisieux村人！總之，我們讀這本書，往往能由幾個字或一句話裏，窺見事的全部，人的全性；這便是我所謂「孫先生的機智」了。孫先生是畫家。他從前有過一篇游記，以「畫」名文，題爲「赴法途中漫畫」【二】篇首有說明，深以作文不能如作畫爲恨。其實他只是自謙；他的文幾乎全是畫，他的作文便是以文字作畫！他敘事，抒情，寫景，固然是畫；就是說理，也還是畫。人家說「詩中有畫，」孫先生是文中有畫；不但文中有畫，畫中還有詩，詩中還有哲學。

我說過孫先生的畫工，現在再來說他的詩意——畫本是「無聲詩」呀。他這本書是寫民間樂趣的；但他有些什麼樂趣呢？ 採葡萄的落後是一；畫風柳紙為風吹，畫瀑布紙為水濺是二；與綠的蚱蜢，黑的螞蟻等「合畫」是三。 這些是他已經說出的，但重要的是那未經說出的「別的話：」他愛村人的性格，那純樸，溫厚，樂天，勤勞，的性格。 他們「反直不想與人相打；」他們不畏縮，不鄙夷，愛人而又自私，藏匿而又坦白；他們只是作工，只是太作工，「真的不要自己的性命！」【二】——非為衣食，也非不為衣食，只是渾然的一種趣味。 這些正都是他們健全的地方！ 你或者要笑他們沒有理想，如書中R君夫婦之笑他們雇來的工人：【三】但「沒有理想」的可笑，不

【一】曾載晨報副刊及新潮

見得比「有理想」的可笑更甚——在現在的我們，「原始的」與「文化的」實覺得一般可愛。而這也並非全爲了對比的趣味，「原始的」實是更近於我們所常讀的詩，實是「別有繫人心處！」譬如我讀這本書，就常常覺得是在讀面熟得很的詩！「村人的性格」還有一個「聯號，」便是「自然的風物。」孫先生是畫家，他之愛自然的風物，是不用說的；而自然的風物便是自然的詩，也似乎不用說的。孫先生是畫家，他更愛自然的動象，說也是一種社會的變幻。他愛風吹不絕的柳樹，他愛水珠飛濺的瀑布，他愛綠的蚱蜢，黑的螞蟻，赭褐的六足四翼不曾相識的東西；牠們雖怎樣地困苦他，但却是活的畫，生命的詩！——在人們裏，他最愛老年人和小孩子。他敬愛辛苦一生至今扶杖也不能行了的老年人，他更羨慕見火車而抖的小孩子。【三】

是的，老年人如已熟的果樹，滿垂着沈沈的果實，任你去摘了吃；你只要眼睛亮手法好，必能果腹而回！ 小孩子則如剛打朶兒的花，蘊藏着無窮的允許：這其間有紅的，綠的，有濃的，淡的，有小的，大的，有單瓣的，重瓣的，有香的，有不香的，有努力開花的，有努力結實的——結女人臉的蘋菓黃金的梨子，珠子般的紅櫻桃，瓔珞般的紫葡萄……而小姑娘尤爲可愛！——讀了這本書的，誰不愛那叫喊尖利的「啊！」的小姑娘呢？ 其實胸懷潤朗的人，什麼於他都是朋友：他覺一切東西裏都有些意思，在習俗的衣裳底下，躱藏着新鮮的身體。 憑着這點意思去發展自己的生活，便是詩的生活。「孫先生的詩意，」也便在這兒。

【一】原書一二四頁。

【二】原書一二八頁。

【三】原書二五三頁。

在這種生活的河裏伏流着的，便是孫先生的哲學了。 他是個含忍與自制的人，是個中和的（Moderate）；人他不能脫離自己，同時却也理會他人。 他要「盡量的理會他人的苦樂，——或苦中之樂，或樂中之苦，——免得眼睛生在額上的鄙夷他人，或脅肩諂笑的阿諛他人。」【一】 因此他論城市與鄉村，男子與女子，團體與個人，都能尋出他們各自的長處與短處。但他也非一味寬容的人，像「爛麪糊盆」一樣；他是不要階級的，他同情於一切——便是牛也非例外！ 他說：

> 我們住在宇宙的大鄉土中，一切孩兒都在我們的心中；沒有一個鄉土不是我的鄉土，沒有一個孩兒不是我的孩兒！（原書六四頁。）

這是最大的「寬容」，但是只有一條路的「寬容」——其實已不能叫做「寬容」了。 在這「未完的草稿」的世界之中，他雖還免不了疑慮與鄙夷，他雖鄙夷人間的爭鬧，以爲和三個小蟲的權利問題一樣；【二】但他到底能從他的「淚珠的鏡中照見自己以至於一切大千世界的將來的笑影了。」【三】　他相信大生命是有希望的；他相信便是那「沒有果實，也沒有花」的老蘋菓樹，那「只有折斷而且曾經枯萎的老幹上所生的稀少的枝葉」的老蘋菓樹，「也預備來年開得比以前更繁榮的花，結得更香美的果！」【四】　在他的頭腦裏，世界是不會陳舊的，因爲他能夠常常從新做起；他並不長噓短歎，叫着不足，他只盡他的力做就是了。　他教中國人不必自餒；【五】眞的，他眞是個不自餒的人！　他寫出這本書是不自餒，他別的生活也必能不自餒的！　或者有人說他的思想近乎「圓通，」但他的本意只是「中和，」並無容得下「調和」的餘地；他既「從來不會做所謂漂亮及出風頭的事，」【六】自然只能這樣緩緩地鍥而不舍地去開墾他的樂土！　這和他的畫筆，詩情，同爲他的「細磨細琢的功夫」的表現。

【一】原書二一六五頁。

【二】原書一三九頁。

【三】原書一五九—一六〇頁。

【四】原書二二八頁。

【五】原書五一—二頁。

【六】原書六〇頁。

書中有孫先生的幾幅畫。我最愛「在夕陽的撫弄中的湖景」一幅；那是色彩的世界！而本書的裝飾與安排，正如湖景之因夕陽撫弄而可愛，也因孫先生撫弄（若我猜得不錯）而可愛！在這些裏，我們又可以看見「細磨細琢的春台」呢。

六月二日。

芝田【二】留夢記

援試

湖上的華時顯然消滅了。『洞庭波兮木葉下。』何必洞庭，卽清淺如西子湖也不免被凘勁的北風喚起那一種雄厲悲涼的氣魄。這亦復不惡。但遊人們畢竟只愛的是「華年，」大半望望然去了。我們呢，家於湖上的，雅人深致是命定的。卽使有幾個黃昏，遙見新市場的繁燈明滅，動了「歸歟」之念，也只在隄頭凝望而已。

在杭州小住，便忽忽六年矣。城市的喧闐，湖山的清麗，或可以說盡情領略過了。其間也有無數的悲歡離合，如微塵一般的跳躍着在。於這一意義上，可以稱我爲杭州人了。最後的一年，索性移家湖上，也看六七度的圓月。至於朝暉暮靄，日日相逢，却不可數計。這種清趣自然也有值得羨慕之處。——然而，啖甘蔗的越吃到根便越甜，我們却越吃下去越不是味兒了。這種倒啖甘蔗的生活法，說起來令人悒悒，不是此地所要說的，也不是此地所應該說的。

湖居的一年中，前半段是清閒極了，後半段是悽惻極了。涼秋九月轉瞬去盡，冬又來了。白天看見太陽，只是這麼淡淡的。脚尖蹴着隄上的碎沙，眼睛釘着樹下成堆的黃葉。偶然有三三兩兩個鄉下人走過去，再不然便是隣居，過後又寂然了。回去，家中人也慘怛無歡，談話跳不出感傷的範圍，相對愈覺神氣索然。到圖書館去，無非查檢些關於雷峯塔故實的書；出來一望，則青黛的南屏前，平添了塊然的黃龕，千歲的醉翁頹然盡矣！

這還是碰着晴天呢，若下雨那更了不得。江南的寒雨誠有特具的丰神，如您久住江南的必將許我爲知言。牠的好處，一言蔽之，是能徹心徹骨的洗滌您。不但使你感着冷，且使牠的冷從你背髓裏透洩出來。所賸下幾微的煩寃熱痛都一絲一縷地蒸騰盡了，惟有一味是淸，二味是冷，與你同在。你感着悲哀了。原來我們的悲哀，名說而已，大半夾雜了許多煩惱。只有經過江南兼旬的寒雨洗濯後的心身，方才能體驗得一種發淺碧色純淨如水晶的悲哀。這是在北方睡熱炕，喝白乾，吃飽羊肉的人所難得了解的，他們將哂爲南蠻子的癖氣。

我甯耐着心情，不厭百囘讀似的細聽江南的雨，尤其是灑落在枯葉上的寒雨，尤其是在夜分或平旦，乍醒的時光，聽那雨聲的間歇和突發。

也是陰沈沈的天色，彷彿在吳苑西橋旁的舊居裏。積雨初收，萬象是十分的甜靜。只濃酣的白雲凝滯不飛，催着新雨來哩。蕭寥而明瑟，明瑟

而兼荒寒的一片場圃中，有菜畦，晚菘是怎樣漂亮的；又有花徑，秋菊是怎樣憔悴的。環圃曲牆上的蠣粉大半剝落了。離牆四五尺多，離離地植着黃褐的梧桐，紫的柏，丹的楓，及其他的雜樹。有幾株已光光的打着顫，其餘的也搖搖欲墮了。剪截說，那舊家的荒圃，被籠絡在秋風秋雨間了。

江南之子喲，你應當認識，幷應當 appreciate 那江南。秋風來時，蒼涼悲勁中，終含蓄着一種入骨的嬝娜。你側着耳，聽落葉的嘶叫確是這般的微婉而凄抑，就領會到西風渡江後的情致了。一樣的搖落，在北方是乾脆，在我們那裏是纏綿呢。這區別是何等的有趣，又是何等的重要。北方的朋友們如以此斥我們為軟媚，則我是當仁不讓的。

說起雨來，江南入夏的雨，每叫人起膩。所謂「梅子黃時雨，」若被所謂解人也者領略了去，或者又是誘惑之一。但我們這些住家人，却十中有九是討厭牠的。冬日的寒雨，趣味也是特殊的，如上所說。惟當春秋佳日，微妙的尖風攜着清瑩的酥雨，灑灑刺刺的悠然來時，不論名花野草，紫蝶黃蜂同被着輕鬆鬆的沐浴，以後或得微雲一罨，或得遲日一烘，絪縕出一種酣醉的雜薰；這種眩媚眞是儀態萬方，名言不盡的。（你不必自動的去迷戀牠；牠會來引誘你，使你欲不迷戀而不可得。）想來想去，「照眼欲流，」倒是一種恰當的寫法。你若還不恍然，再三去審度牠的神趣，那就嫌其唐突了。

今天，滿城風雨的淸秋節，似乎在荒圃中有什麼盛會，所以「冠裳雲集」了。來的總是某先生某夫人小姐之徒，誰耐煩替他們去唱名。——雖然有當日的號簿可證。我只記一樁値得記的 romance。

我將怎樣告訴你呢？老老實實，規規矩矩的直言拜上，還是兜個圈子，跑盪野馬呢？眞令我兩爲難！說得老實了，恐怕你用更老實的耳朶去聽，以致纏夾；目下老實人旣這般衆多，我不能無戒心。說得俏皮一點，固然不錯。萬一你又胡思亂想，橫生誤會，又怎樣辦呢？目今的「誤會」兩字又這樣的時髦！這便如何是好？不說不行，只有亂說。所謂「說到那裏是那裏，」「船到灣頭自會直，」這種行文的秘訣，你的修辭學講義上怕還未必有。

在圓朗的明月中，碧玉的天上漾着幾縷銀雲，有橫空一鶴，素翅盤旋，依依欲下；忽然風轉雲移，斗發一聲長唳，冲天去了。那時的我們憑闌凝望，見牠行踪的飄泊，揣牠心緒的遲徊，是何等的痛惜，是何等的渴想呢。你如了解，或者你亦有這種感觸，這種想象的境界，那麽下邊的話於你是多餘的——雖然也不妨再往下看。

遙遙的望見後，便深深的疑訝了。這不是曾相識的C君嗎？七八年前，在P地時，她曾顛倒過我的夢魂。只是那種閒情，以經歷年時之久而漸歸黯淡。這七八年中，我不知幹了些什麼生，把前塵前夢都付渺茫了。無奈此日重逢，一切往事都活躍起來，歷歷又在心頭作奇熱了。『正是江南好風景，落花時節又逢君；』不過是兩個老頭兒對唱個肥喏罷了，尙且肉麻如此。何況所逢的是佳麗，更當冷清清的時節呢。

昔日的靚粧，今朝偏換了縞素衣裳；昔日的憨笑豐肌，今朝又何其掩抑銷瘦，若有所思呢？可見年光是不曾饒過誰的，可見芳華水逝是終究沒有例外的，可見『如何對搖落，況乃久風塵』這種哀感是萬古不易磨滅的。幸而溼着剪剪秋水的一雙眸子，乍迎乍送，欲斂未迴，如珠走盤，如星麗天，以證她的芳年雖已在路上，尙然逡巡着呢。這是當年她留給我的惟一的紀感喟，不想到今日反以此爲慰藉了。 唉！

她來在我先，攜着一個十三四歲的女婢坐在前列。 我遠遠的在後排椅上坐了。 不知她看見我沒有，我只引領凝視着。

當樂聲的乍歇，她已翩然而舉，宛轉而歌了。 一時笑語的喧譁頓歸於全寂，惟聞沈着悲涼的調子，迸落自丹脣皓齒間，屢擲屢起，百折千迴的緜延着。 我們屏息而聽，覺得胸膈裏的泥土氣，漸漸跟着縹緲的音聲裊蕩爲薄煙，爲輕雲了。 心中旣洞然無物，幾忘了自己坐在那裏，更不知坐得有多們久。 不知怎的瞿然一驚，早已到了曲終人杳的時分；看見她扶着雛婢，傍着園的西牆緩緩歸去。

我也惘惘然走了罷！ 信走行去，出園的東門，到了轎廳前。 其時驟歇的秋雨，由蕭疏而緊密，漸潺湲地傾注於承簷外，且泛濫於廳和門道間的院落裏。　雨絲穿落石隙，花花的作小圓的旋渦，那積潦之深就可見了。

在此還邀得一瞬的逢迎，眞是臨歧的惠思啊。　我看她似乎不便徑蹚過這積水的大院，問她要借油屐去嗎。　她點點頭，笑了笑。　我返身東行，向桐陰書舍裏，匆匆的取了一雙屐，一把油紙傘。　再回到廳前，她已遠在大門外。

（想是等得不耐煩。）　我想追及她。

惟見三五乘已下油碧帷的車子，素衣玄鬟的背影依依地隱沒了。　輪轂們老是溜溜的想打磨陀，又何其匆忙而討厭呢。——我畢竟追及她。

左手搴着車帷，右手緊握她的手，幽抑地幷堅決地說：『又要再見啦！』以下的話語被暗滋的淚給哽咽住了。　淚何以不浪浪流呢？　想牠又被什麼給擋回去了。　只有一味的悽黯，迎着秋風，冒着秋雨，十分的健往。

必冰雪聰明的，才能以苦笑掩她的悲惻。　慰我正以自慰喲！　她垂着眼，囁嚅着：「何必如此呢，以後還可以相見的。」 我明知道她當我小孩子般看，調哄我呢；但是我不禁要重重的吻她的素手。

車骨碌，格轔轔的轉動了，我目送她的漸遠。

才過了幾家門面，有一輛磨着車打囘頭，其餘的也都站住。 又發生什麼意外呢？ 我等着。

「您要的蜜漬木瓜，明兒我們那邊人不得空，您派人來取罷。」 一個從者扳着車帷這樣說。

「這麼辦也好。 你們門牌幾號？」

他掏出一張黯舊的名片，我瞟了一眼，是「□街五十一號康□□鋪。」以外忘了，且全忘了。

……………………………………

芝田留夢記

無厭無疲的夜雨在窗外枯桐的枝葉上又瀟瀟了。高樓的枕上有人乍反側着，重衾薄如一張紙。

【一】曹植洛神賦，「秣駟乎芝田；」李善注引十洲記曰，「鍾山仙家耕田種芝草。」

一九二四年十一月二十日在杭州湖上成夢，

二五年二月二十日在北京記此。

石門道中　　木雁

新漲平臨歛，斜陽倒射明。不知身在鏡中行，祇覺蘋香風細夢都清。　沙淨通魚步，雲低落雁箏　野桃臨水又清明，略似垂髫雙槳那時情——南歌子

芝田留夢行

前人

一宵過雨蘇州街，車濺芹泥，滑繡韉。舊家荒圃邀客坐，楓丹柏紫黃花開。高齋洞敞笙歌沸，冠帶雍容相與來。曳紈被綺俗物耳，嬋娟之美何在哉？乍逢隔座縞衣子，乃稱千金俠骨黃金臺！

自來燕趙多佳人，羞效江南兒女靚豐容盛鬋嚴粧竟，猶並雲英掌上身。鳳凰城闕初識汝，發皇震駭走心神。人間有此眞尤物，何言皓齒與朱脣。淮海徽禽容可化，長依鈿轂起車塵。

年時荏染朝催暮，綠葉陰濃青子多。鶯嬌燕乳孤芳意，行看青春白日盡蹉跎。年少黃衫去不來，宿業萍吹怨逝波。

歌臺一別歷經秋，秋雨秋風幾煎迫。兒時嬉笑銷磨矣，粉膩脂餳無儲

芝田留夢行

息。紫陌迴轆惘惘然，黃壚病酒年年憶。不道當筵憔悴人，瓊姿過眼曾相識。憨情甚思並眉尖，褶疊「留仙」輸一搦。意態莊姝並昔時，幾多幽恨塡芳臆？初聞玉珮寫遲徊，更見雲鬟遮掩抑。登場曲定萬人譁，繁搊絃箏，洞簫泣。珠喉蹔理同心歌，暮雲不動嵯峨碧。微紆怨悱猿難啼，瀏薄軒昂石可擊。入破驚逢纍纍珠，湘靈悄擁弄清瑟。銀鉦快戛并州剪，千折晴絲劃然擲。桃花流水竟闌珊，舉座悽寒少顏色。一盼重邀萬劫遲，零歡墮憶霏秋雪。

西風萬里弱嫋嫋，荒闌曲巷又瀟瀟。暮雨來時走鈿輪，徒嗟妨轂長流潦。假得鑣雲蠟屐歸，那愁泥踠文韈小。登山臨水兩無僇，衡門之下客魂銷。雛鬟替引紺絲帷，掩汝寒朋碧玉翹。

搴帷親手重丁寧，『此別人天恨杳冥！』良久依微聞小語，「會邀一見障三生。』　陵風迴淚，淚下霰，難分溫煦撫飄零。　經年歡意搖秋草，綺夢蕭寥容易醒！　隔幾倥偬勸驕取，「傳言玉女」在雲軿。　『木瓜漬以花房蜜，聊爲郎君釋此酲。　來朝日晡遣人迎，門前記取金漚釘。』……片言還警惺忪睡，窗外何名積雨聲？

夢後七日作此篇於杭州湖上，視後作之記似微有出入。互有詳略之處，謂可參證，但不宜十分呆看耳。援記。

南柯子

尹默

雪裏梅初落，風前柳乍低。　年時曾共水仙期，等是無憑情事惹人思。　夢好沈吟過，香溫取次稀。　風懷打疊付新詞——不道一年容易又芳時。

芝田留夢行

西關塼塔塔塼歌

屈齋

——爲先舅氏汲侯許君作——

南屏山翠耿如昔，揞笏神人蹶然沒。餘霞猶渲胭脂妝，委地紅裟頹一衲。「萬緣露電」尋常語；傷哉，九百餘年去如瞥！（九七六——一九二四，凡九百四十九年。）隄外游人愕舉頭，直上黃埃噴霞雪。纖雲半掃小風恬，入眼終疑幻不滅。（是日爲九月二十五日，天晴，微風。）靈松枝上來萬鳥，啾喳同話飄零劫。東坡庵裏乍推枰，揮手人天各一訣。（正與廣化寺僧體圓弈，未覩塔圮。）

是時戎馬已倉皇，降將降帆下富陽。（浙滬國綱張國威降于孫傳芳，自閶謠桐廬迤邐而下。）寂寂危樓待風雨，相依舅氏耐栖惶。（舅屢欲移家去此，竟不果。）　幕上巢禽半死生，林泉暮色且徜徉。（時三台山安葬初營　道殯暑，賞清秋，勇頗樂之。）「己飢己溺，」生民抱；「恩斯勤斯」慈父腸。　賤子意與尚飄發，少年一例愛清狂；勸君艤棹中峯下，泥君攀躋壞塔旁。　雙槳來時日薄晡，杭州士女傾城忙。（湖濱市場馬頭，小舟盡出。）　魚貫蟻附去復回，颯遝喧闐作市場。　天荒劇跡哀江南，我輩登臨心轉傷。　霹靂覺夢一彈指，仰瞻俯矚增徬徨。　億塼層累出黃龍，誰領西猶老夕陽？　碧落銀雲無盡期，誰挐退筆劃蒼蒼？　烟融水澹封玉奩，誰見黃絁隔世妝？　歸人緩緩笑語遠，莽然寒色到平岡。　沉吟躑躅忘移晷，寺鐘鎗鞳動昏黃。　殘塼護以丹沙泥，手提兩甓下歸艭。　風訊微勁燈有芒，舟剪湖心趁晚涼。　碧霞西舍爇短燭，試從汗簡繙篇章。　宋開寶元（八年至九年）塔始建。　建之者誰？吳越之末王。　倘考越邦全盛世，錦衣玉帶裘馬鮮。　夾城初作羅城再，百十餘里互綿蜒。（唐大順元年［一八九〇］築夾城三十餘里；景福二年［一八九三］作羅城七十里。見十國春秋。）東亘江干，吏薄錢唐湖，涵水西關閘在今之雷峯前。（錢鏐發民夫二十萬及十三都軍士新築羅城。自秦望山，由夾城東亘江干，泊錢唐湖霍山范浦，周七十里。城門十。西曰涵水西關。見咸淳臨安志。吳越西關門在雷峯塔下。見七修類稿。）西府牙旂揭江，衣比戶編氓樂管弦。（杭州於唐光化二年［一八九九］四月升爲都督府，吳越謂之「西府」。見十國春秋。）雲蒸兩京盛豺虎，亂離八遘太平年。三世四王迭興替，八十四祀天祿綿。傳至末王號曰俶，耽心禪悅夙有緣，弘啓律寺殆數百，（見宋史俶本傳）手不停披貝葉編。（見咸淳臨安志載俶自撰建塔記。以下事蹟並見記中。）刑于雅化逮閨壼，諸官監願尤精堅，頭面藏佛青螺髻，奉安「窣堵」西湖邊。（窣堵波，梵言Stupa，塔也。）峨峨高塔倚翠屏，玉梯七級相鉤連。彈指間幻七寶坊，多寶如來使之然？（本事見妙法蓮花經。）

輸錢六百萬餘緡，油灰土木瓦石塼。皮經之品法蘊數，（一乃至八萬四千法蘊亦在其中。——塔經文語。）通計蓋逾億萬焉。或貫環孔入塼腹，或題名姓範塼沿。所見一字迄四字，餘饒怪詭不得箋。我藏一品「王宮」鑄，跡參分隸鑄泥埏；更有殘者一孔貫，截爲硯型貯墨圓。疇昔萬塼爭入聳，今朝尺甓重入間。渠儂伴我蕭齋讀，陵谷滄桑第幾遷？一自樓臺俄涌現，興衰歷歷到華顛。君王蹔返梁臺旆，妃子嚴妝拜佛天。來年青蓋再入汴，淒其鈴鐸語湖烟。（俶兩次入覲，第一次在開寶九年——即太平興國元年。第二次在太平興國三年，遂被留不遣。）一朝霸業飄金粉，如此錢唐劇可憐。不見南朝勅建四百八十寺，天子還教井底眠。蘭因絮果風前盡，恨入微茫未可言。今人懷古發長歎，古人且爲今人哀。疏櫺斜日明煙柳，翡翠層坳抱瓦堆。更聽悲笳喧廣陌，千千鐵騎向東來。（是日孫傳芳入城。）江南萬姓鬪

題錢塘塔塔塼歌

西關塼塔塔塼歌

野哭，豈憐湖上生塵埃。將離客似秋花健，偏冒新涼冉冉開。一舸浮家騰語笑，行吟策杖日徘徊。

秋風戒寒葦瑟瑟，丈人略現維摩疾。欣然示我「西關」塼，諸品推斯稱第一。謝啓還嫌草草書，顧囑侄兒重染筆。（時陳姓餽一塼，上有「西關」字。舅命麒若弟作書謝之，曾兩易稿。）光景疑從眼底來，不意閒情為永憶。蕭條回首世緣輕，仰視曉風殘月白。（舅病僅歷兩旬，於十一月十五日晨卒。）從今怕踏南屏山，忍弄輕橈點寒碧。（此後未曾泛舟湖上。）落葉微呻若有思，明波乍覩疑無色。齋頭青甓任塵封，恨不當年輕一擲。

揭來容易渡滄波，招隱青山願竟訛！（舅曾相約同行北上，遲遲不發，竟成虛願。又有兩家卜鄰湖山之冒，亦不可酬矣。）無復明燈親色笑，祇隨嬌女泣滂沱。我羈京國飫塵土，君臥冷骨山之阿；難再濯棺舒一慟，我今空有淚如梭！

（舅殯將于今年四月葬，南北修阻，更牽塵俗，不及親送矣。） 從頭若訴如塵事，千疊雲山未必多。（自髫紀拜謁後，重以兒女之姻。在杭日，居舅家五年餘，陳跡最多，不堪縷述。） 昔曾屬以塼塔記；一諾勿辭吾意久蹉跎。 無以平生酬雅愛，為君歌此西關塔塼歌。 吟成淒咽何人和？ 靈不來兮，風磨陀。

一九二五年三月十日寫于北京。

題家書後　　木雁

魚白雁紅都過未？ 懷人風雨江干。 一珠一字報平：安倦餘須能繡，霧重莫憑闌。 猩色蠻牋呵欲潤，夜窗細研螺丸。 行行多半敘暄寒；要從無字處，情味耐君看。——臨江仙

信二通

一九一八年五月十七日殘信　頡剛

前接來書，因精神困倦未答。今日在仲川家，閒暇無事，且弄筆墨，以抒積困。睡眠服西藥後頗愈；然藥實有毒，其傷神經彌甚。以竟夜煩燥之苦，不得不飲酖止渴。刻體甚委靡，不能作事。寫字亦只能儘大寫去，不加強制之力。承示以精神療病——然病之不瘳，正在精神。第一，內子病後，家人意見不齊。某單力呼援，終歸無補，悲觀過甚，更無一刻安舒。第二，有別種信仰心者，不難即以別種信仰精神療治疾病。而我則舍自身之外，絕無信仰。自身既悲天憫人，心緒不寧，即覺已成絕望，更無補救之法，非若宗教中人到死依賴上帝也。因念此心太拘，不如自放，遂肆力遊玩，公園戲園足跡常到。然情境一過，悲念又來，纏繞不休，寖以困頓。友人謂我面有滯氣。我念篆赤死前滯氣日劇。我亦殆將死乎？或不死而將成狂易乎？或不狂易而將有更可悲之境遇乎？悲乎！悲乎！昔日菲薄文辭，鄙棄小說，以爲足使人感情汎溢，不以智理處事也。尤厭曼殊派之哀情小說，以爲其歸宿惟有一死。人生於社會，關係如此其多，報施如是其繁，安能以一局部之痛苦而遂殺身，置大部分之關係報施於不顧也。孰意今日身處是境，便已智不勝情，而乃屢有殉情之思乎！從前頗欲在學問上獨立創造，以後事業粗已安排，謂必以學報社會，又必可以學處社會；故惜時蘄生而欲有所爲。孰意近日此等心思悉已消散，若爲學已非我之責任者。究不知是何陶鈞，鑄我之情，滅我之智，至於此也？意者宇宙間惟是有情，智不過爲情之隸，心

信二通

境平和則並呈，心境鬱結則掩遂耶？　情之所至多，智之所至短，智固不能隨情而俱進耶？　此等題不願思索，實亦不能思索。　惟旦旦誓於心曰：『吾所欲，必為之；即不能為，亦必力進。　謀於情之然否，不謀於智之是非成敗也。』以後事未可知，或將行於人所不能行之巉巖，而不行於人所共行之康莊，則當無順境可言耳。…………

一九二四年五月十五日殘信　前　人

接十日來書，甚欣快，然益淒迷了。　我自知感情太多，不發則已，一發殆不可收拾。　P君批評我，謂理知與情感均強，而意志甚弱，從前我頗不謂然。我以為我的對於學問，對於生活，如此堅忍做去，朋輩中未見有匹敵者，意志決不可謂弱。　自有此次之事，閒中自度，乃覺P君之言不虛，我之所以如此勇往直前者，皆受情感之支配耳。H君批評我，說我認事太眞。我以爲必認事眞然後生活始有趣味。兄鬼刼中一節話，我總不以爲然。我以爲靈明要執着，痴愚要怨詛，歡歡喜喜要惆悵，哭哭啼啼要傷神。如此始有眞意，始可轟轟烈烈的做一場。

兄囑我必須承認性的欲求，萬不可掩飾。我自知我雖絕俗太甚，然此事之出發點總在性欲上，也不必諱飾。但性欲上加「變態」一個字是應該的，因爲我在才性上，在審美觀念上，覺得必須沈醉于變態的性欲中才有味。

我是一個不怕寂寞的人，歡喜單獨用情而不求對方瞭解的。我覺得要求對方瞭解，即有了一個報酬觀念，就非純粹的情了。我覺得我欣賞女性之美，正和我欣賞山水之美一樣。我到了佳山水中，心神鼓舞，坐立不安，愉快悵惘，一時俱來。所以能如此舒暢，只爲對方是無知的。若眞有山神，如我愛慕，出爲款接，倍致殷勤，我的美感，就要頓時喪失，憎惡牠的感情必和見了俗僧無異了。……

P君說，情場中不容有傲骨，上面的話有唱高調的嫌疑。但我從我的美感上看來，總以如此爲最美。即使事實上要漸漸向前，不容僅至欣賞而止。但我的見解總是如此。

一個月來，我的心境不辨酸甜，不別悲歡，如睡在楊花作成的衾裯中，溫柔到極度，又如被擲在無底的幽洞裏，悽愴到極度。惜我無創作的天才，不能寫將出來。但只此低徊無奈之情，已夠我一世的回想，已夠我生活於美麗世界的驕傲。………………

附錄

我們的七月（一九二四年）目次

附錄

附錄

本刊啓事

一 本刊所載文字，原O.M.同人共同負責，概不署名。而行世以來，常聽見讀者們的論議，覺得打這悶葫蘆很不便，頗願知道各作者的名字。我們雖不求名，亦不逃名，又何必如此弔詭呢？故從此期揭示了。

二 本刊通信處，爲上海五馬路亞東圖書館轉交。發行及廣告等事，請直接與亞東接洽。

中華民國十四年六月出版

我們的六月（一九二五年）

每冊定價大洋六角

外埠酌加郵費

編輯者　O. M.

印刷兼發行者　亞東圖書館

發行所　亞東圖書館　上海五馬路棋盤街西首

分售處　各省各大書店

俞平伯著　顧頡剛序

紅樓夢辨

（定價壹元）

入書分三卷，文十七篇，共十餘萬字。

上卷　（1）論續書底不可能（2）辨原本回目只有八十（3）高鶚續書底依據（4）後四十回底批評（5）高本戚本大體的比較

中卷　（1）作者底態度（2）紅樓夢底風格（3）紅樓夢底年表（4）紅樓夢底地點問題（5）八十回後的紅樓夢（6）論秦可卿之死

下卷　（1）後三十回的紅樓夢（2）所謂『舊時眞本紅樓夢』（3）『讀紅樓夢雜記』選粹（4）唐六如與林黛玉（5）記『紅樓復夢』（6）劄記十則

上海亞東圖書館發行

民国首版学术经典丛书

留欧外史（第一辑上编）
清代学术概论
中国目录学史
理学纲要
中国殖民史
白话本国史（四册）
近代中国留学史
五十年来中国之文学、论文杂记
历史研究法与中国文字变迁考
苏曼殊年谱及其他
中国商业史
妙峰山
中国文字学史（上下）

民国首版文学经典丛书

新月诗选
火灾
我们的六月
红的天使
红雾
未完的忏悔录
生死场
云游、志摩的诗
徐志摩选集
休息、给予者
迷羊
第七连
弘一大师永怀录
石门集
飞絮
鲁迅杰作选
胡适留学日记（四册）